AF450943

GANDHI EN CUARENTENA

Francisco Sáenz Ráez

EDIQUID

GANDHI EN CUARENTENA
© Francisco Sáenz Ráez
Editado por: Corporación Ígneo S.A.C.
para su sello editorial Ediquid
Av. Arequipa 185 1380,
Urb. Santa Beatriz. Lima - Perú
Primera edición, febrero 2021

ISBN: 978-612-48483-0-8
Impresión bajo demanda

Hecho el Depósito Legal en la Biblioteca Nacional del Perú N° 2021-01592
Se terminó de imprimir en febrero de 2021 en:
ALEPH IMPRESIONES SRL
Jr. Risso Nro. 580
Lince - Lima

www.grupoigneo.com
Correo electrónico: contacto@grupoigneo.com
Facebook: Grupo Ígneo | Twitter: @editorialigneo | Instagram: @grupoigneo

Reservados todos los derechos. El contenido de esta obra está protegido por leyes de
ámbito nacional e internacional, que establecen penas de prisión y/o multas, además
de las correspondientes indemnizaciones por daños y perjuicios, para quienes
reprodujeren, plagiaren, distribuyeren o comunicaren públicamente, en todo o en
parte, una obra literaria, artística o científica, o su transformación, interpretación
o ejecución artística fijada en cualquier tipo de soporte o comunicada a través de
cualquier medio, sin la preceptiva autorización.

Diseño de portada: Ímpetu Creativo
Corrección: Cindy Barreto
Diagramación: Dianora Gómez Nessi

Colección: Nuevas voces

Dedicatoria

Dedico este libro a tu madre Putlibai, por formar un hijo imperturbable, con valores de respeto a los seres vivos y de tolerancia hacia las diversas formas de pensar.

A tu padre Karamchand, por criar un ser humano amoroso y apasionado por la libertad.

A ti, Bāpu, por inspirarnos.

A la memoria de Ladislao Alberto Zafra Muñoz, integrante de la X Promoción, V. J. M. J., muerto por la COVID-19.

A César Ignacio Cervantes Gálvez, Nacho, compañero inolvidable de aventuras infantiles y reflexiones ya maduras.

A todas las almas libertarias, a aquellos hombres y mujeres que, durante alguna injusta represión, protestaron de cualquier forma.

A todos los que nunca doblegaron su espíritu: gracias por no rendirse.

Agradecimientos

Gracias a mi amigo Roger Pajares Barrantes por hacerme creer que podría escribir y ser leído.

Gracias a Rafael Amorós Terrones, amigo, maestro de las letras y amante de la lectura, por poner esa cuña que evitó mi caída y decepción en la escritura.

Gracias a Gilmer Vizconde Martin por participar en esta caminata en alas de la libertad.

Gracias a los amigos de la 10ª promoción del colegio Cristo Rey Maristas de Cajamarca por soportar mis mensajes escritos y por acompañarme en este terco viaje en el cual no creían, pero, por amor, me acompañaron.

Gracias a Jorge Arribasplata Campos por adornar este libro con tan bellas caricaturas.

Gracias a Ernesto Tapia, amigo poeta, por presentarme a Teodorico Urquizo y ayudarme a descubrir su naturaleza humana.

Índice de contenido

Prólogo

*La libertad es historia, la historia
se manifiesta en la libertad.*

Quiero expresar, en primer lugar, mi agradecimiento a mi entrañable amigo Francisco Sáenz Ráez por brindarme la oportunidad de prologar su libro *Gandhi en cuarentena*. Gracias, Paquish, por este privilegio.

Conocí a Paquish desde el colegio, en esas aulas maristas, en Cajamarca, en las que nos enseñaron desde muy jóvenes valores tan importantes como el amor, el respeto, la amistad y la solidaridad. El tiempo se encargó de hacer de él el reconocido profesional y la excelente persona que es.

Francisco Sáenz Ráez, para efectos literarios y existencialistas, Paquish, crea un personaje: Jeremías Pechoabierto. Este personaje nos cuenta amenamente sus inquietudes, sus dolores, sus angustias, su vida misma, pero, sobre todo, su temor a perder la libertad que tanto ama y que tanto defiende.

Jeremías Pechoabierto es un personaje complejo que va asumiendo diversos roles de acuerdo a las necesidades de la propia descripción del texto. Paquish, con lenguaje sencillo y sincero, nos describe una contundente y dura realidad en forma cronológica, un conjunto de sucesos, eventos y alternativas del gobierno de esos días para afrontar la pandemia por COVID-19.

Esta compleja situación sorprende y crea un desasosiego en Paquish, ya que afecta su libertad, así como la libertad de otras personas, la de miles de ciudadanos. Es doloroso para él, pues, es un hombre libre.

La enorme admiración que siente Paquish por Gandhi; aquel al que llamaban Bápu (padre), a quien extrañamente admira de manera especial simplemente porque, a los diecisiete años de edad, lo conoció gracias a ver una película sobre su biografía, un filme que vio en un viejo cine limeño, en Lince.

Putlibai, a quien está dedicado este libro, es madre de un hijo varón, nacido en octubre de 1869. El niño fue inscrito con el nombre de Mohandas Karamchand Gandhi y conocido, luego, como Mahatma Gandhi.

Mohandas Karamchand Gandhi es pues, el *leitmotiv*, la inspiración más importante para Paquish para poder desarrollar esta obra. Gandhi es el hijo que experimenta, que aprende, que sufre, que aguanta, que acomete, pero que nunca se rinde; es, también, el hombre que falla, que se entrega y que muere asesinado por su propia gente.

Jeremías Pechoabierto es el hijo que sueña, que se rebela, que protesta, que tiene sed, que acomete, que no quiere rendirse, que nos cuenta su historia y que no teme morir incomprendido en una aventura solitaria.

Gandhi fue, para el movimiento independentista de la India, el adalid más prominente. El asombroso método que practicó, la «desobediencia civil no violenta», atrae hasta hoy en día al hombre más duro y enloquece el delicado corazón de Jeremías. Gandhi, además de abogado y político, fue principalmente un gran inspirador de multitudes, un pacifista contumaz y un obstinado pensador.

Jeremías Pechoabierto, además de economista y exgerente, es principalmente un solitario profesor universitario que pretende inspirar a sus alumnos sin saber si consigue resultados, un compasivo contumaz y un dubitativo pensador. Nuestro protagonista jamás participó y menos organizó protestas de lucha social, sin embargo, manifiesta con devoción y asertividad sus pensamientos liberales rechazando la intervención del Estado y predicando en redes sociales sus ideas libertarias como medio para resistir las corrientes progresistas. Pechoabierto favorece y promueve fervientemente los principios de libertad, competitividad y amor al prójimo.

Gandhi en cuarentena es, sin duda, un verdadero canto a la vida y a la libertad. En esta obra Paquish recurre a narrarnos el camino de la libertad de Gandhi, el camino de la búsqueda de la sal; para el pueblo hindú la sal era el símbolo de la libertad contra los ingleses. *Gandhi en cuarentena* es, pues, una narración reflexiva, Jeremías es una persona emocional, el hombre imperfecto, idealista; en cambio, Teodorico, es su alter ego, el envés, el ente racional, vivido, reflexivo.

Con un esfuerzo extraordinario y en forma visionaria, Jeremías (Paquish) recurre al ejemplo de Gandhi y nos narra su propia caminata. Hay un paralelo entre la caminata que hace Gandhi y la que realiza Jeremías. Es, entre otros temas, la historia de un ser humano que sufre, que acomete, que se rebela, pero que nunca se rinde; un ser humano de un alma sensible y libertaria.

Jeremías, como personaje, tiene inmensos recursos espirituales y existenciales, lo que le permite afrontar hasta el término de su relato el dolor, la angustia y, sobre todo, el retorno a su hogar, el lugar dulce y sereno de su quehacer. Este texto está lleno de espiritualidad, a pesar de esa suerte de dolor que hay a lo largo de la narración.

Gandhi se ofrendó a la libertad mediante la protesta en paz y no en la guerra, Fue el conductor e inspirador de la marcha de la sal. Esta marcha se reconoció como uno de los más importantes golpes a la tiranía británica y condujo, luego, a conseguir la independencia de la India. Este hecho se logró porque Gandhi insistió en su tesis y praxis de la no violencia, el Satyagraha o método de desobediencia civil no violenta.

Este libro no pretende ser un ensayo ni un nuevo estudio sobre Gandhi. Es, de alguna manera, un homenaje a las almas libertarias, a todos aquellos que durante alguna injusta represión protestaron de cualquier forma, a todos aquellos que no se rinden ni doblegan su espíritu. A decir del autor, este libro es también un homenaje a la amistad, a los amigos presentes y especialmente a los ausentes; compañeros de su colegio Cristo Rey de Cajamarca. También es un homenaje a las nuevas generaciones, a sus alumnos; por eso la participación femenina y valiente de Mafe. Finalmente es, también, un homenaje a la familia.

El libro es una serie de historias y narraciones de una belleza extraña que siempre sorprende al lector; una narración reflexiva que se desarrolla en varios capítulos o partes: acontecimientos previos, impacto emocional, similitudes, la marcha de la sal, el caminante libertario, el refugio, son algunos de ellos.

Asimismo, a lo largo de la obra encontramos poesía y música (acorde con los tiempos), que acompañan dulcemente la lectura dándole un intenso colorido emocional; el libro tiene, pues, todos esos condimentos poéticos y artísticos que lo enriquecen *in extenso* y van inherentes a nuestra condición humana.

Agotado, cansado, con el peso del alma que parece insoportable, Jeremías siente un conflicto de intereses, sobre todo, es un conflicto de pareceres: por un lado, le atormenta la lejanía de su hogar, por el otro, los deberes libertarios; por un punto su extrañeza por la soledad de su caminata y, por el otro, la seguridad de estar haciendo algo grande y trascendente.

Al llegar Jeremías a Huacho, y ya en la orilla del mar, empuña la sal y triunfante grita: «con esta sal en mis manos, protesto», agregando: «con esta sal libero a los pueblos de América de la tiranía y la prepotencia».

Sin embargo, y luego de algunos sucesos, Jeremías siente el deseo de volver a casa, no importa si derrotado, por no morir como Gandhi; derrotado por no poder trascender. El personaje olvida que la trascendencia de Gandhi y la de él mismo no están ya más en duda. En el llamado refugio de la conversación se suscitan diversas reuniones, pláticas y enfrentamientos furiosos que luego se disipan volviendo entre los asistentes una dulce serenidad.

Aunque ya es también el tiempo de la despedida y es cuando la nostalgia recorre los pechos, aparecen las lágrimas, mientras uno de los asistentes lee un poema: «Los eucaliptos de mori del colegio Cristo Rey» de José Luis Gonzáles Martín, de quien Jeremías o Paquish aprendió valores y ciertos encantos de la vida.

Fundido en uno solo: Jeremías y Teodorico; Jeremías es el haz, Teodorico el envés, el verdadero yo. Paquish aprende viviendo, ahora ileso, renacido y engrandecido, va camino de vuelta, no se arrepiente de nada, no lamenta nada, ni la caminata, la marcha por la sal y tampoco lamenta el asesinato, la muerte de su otro yo.

El autor es, pues, sumamente espiritual, generoso y valiente, son sus personajes sus propios o sus lejanos. Construye y estructura un mundo donde todos estamos presentes de alguna manera. Jeremías Pechoabierto, el ausente de la palabra, da testimonio de toda la obra del autor.

Gandhi en cuarentena resulta fascinante y provocativo; la vida nos enseña a aprovechar el tiempo, el tiempo nos enseña a valorar la vida. Permitamos ahora que las páginas de este libro nos conduzcan por todas estas encantadoras historias. Que empiece, entonces, la caminata y el sueño libertario en este nuevo horizonte.

Rafael Amorós Terrones

Introducción

Esta historia es verídica y comprobable. El personaje principal de estos hechos, quien vive entre nosotros en la ciudad de Lima en Perú, podrá relatarlos de forma directa y fidedigna si alguno de ustedes tiene a bien entrevistarlo.

Es un profesional de clase media felizmente casado, de sesenta y siete años de edad, saludable, de pelo cano y muy poblado; de común vestir y hablar; pacífico e inofensivo; amante de las letras, las artes y la literatura; interesado en la historia universal, economista de profesión, hábil en las matemáticas; sociable y en extremo sensible; engreído desde niño gracias a tres madres; esposo, abuelo y padre de cuatro hijas. Hoy se dedica a la enseñanza universitaria y, abrumado por los hechos acontecidos en su patria, tomó una decisión inesperada y poco común.

Paquish conoció a Bāpu a los diecisiete años de edad en un viejo cine, el Teatro Azul, ubicado en una triste calle del distrito Lince en la ciudad de Lima. La biografía cinematográfica de este personaje lo llenó de admiración: un solo vistazo a la actuación de un hombre que soportó, hasta todo límite, el dolor por una causa que le parecía justa le impactó tanto que aún hoy sigue en su memoria.

Putlibai, a quien está dedicado este libro, mujer india, abnegada y estricta, dio a luz en la ciudad costera de Porbandar a un hijo varón el 2 de octubre de 1869. Este niño fue presentado con el nombre de Mohandas Karamchand Gandhi y más adelante recibiría el nombre honorífico de Mahatma Gandhi.

El antiguo cine Teatro Azul en el distrito de Lince, Lima, Perú.

Putlibai formó a su hijo con el ejemplo, soportando el rigor conyugal, así como el ayuno, amando a la naturaleza y a todos los seres vivos, respetando a las criaturas de la tierra y a los seres humanos. El hábitat y las formas vivas, a criterio de Putlibai, nacen y viven protegidos por un aliento, un soplido respiratorio, del dios creador. Así, el respeto a todo ser vivo es un respeto a dios. De la misma forma, la tolerancia a los diversos pareceres y opiniones es admiración a la creación de dios, pues diverso es el aliento de Brahma. Se deben respetar, o al menos tolerar, las creencias ajenas y las diferentes maneras de pensar.

Karamchand, padre y hombre amoroso, abrazó a su hijo cuando confesó haber robado un poco de dinero para comprar cigarrillos. Lo perdonó, lo toleró y dejó en él lecciones inolvidables: el hábito por la lectura y las ansias de libertad. No hay libertad exterior si no se alcanza la interior. Esas fueron las enseñanzas de un hombre de clase media que no sufre el hambre, pero que llora con los hambrientos.

Mohandas Karamchand Gandhi, el hijo que experimentó, que aprendió, que sufrió, que aguantó, que acometió, que nunca se rindió, que falló, que se entregó y que murió asesinado por su propia gente. Él fue su inspiración.

Mercedes, a quien se mencionará por única vez en este libro, mujer peruana, huancaína de nacimiento, pragmática y fértil, dio a luz en la ciudad costera de Lima un hijo varón el 17 de julio de 1953. Este niño fue presentado con el nombre de Jeremías Gonzalo Pechoabierto y más adelante recibió el cariñoso sobrenombre de Paquish.

Formó a su hijo a latigazos, almorzando bastante a la hora en punto y forzando a la naturaleza y a todos los seres vivos a producir. Hizo y hace notar a las criaturas de la tierra y a los seres humanos que, si no la respetaban, ella se hacía respetar. El hábitat y los seres vivos, a su criterio, nacían y vivían para servir al hombre: el dios creador había puesto a la naturaleza para hacer crecer y permitir multiplicarse a los seres humanos.

Nadie sabe dónde está dios ni para qué está. Saberlo no tiene importancia, solo se debe ser feliz en esta vida. Así pues, a criterio de Mercedes, es nuestra responsabilidad saber vivir. No hay destino, lo que vivimos lo forjamos nosotros. De la misma forma, no se debe tolerar a los impertinentes. Diversos son los pareceres y opiniones de la gente, pero nada debe detenernos en la consecución de nuestros objetivos. Dios no juzga nuestras intenciones, sino nuestras acciones y sus resultados. No importan las creencias, solo importa ser feliz y esto no depende de las afirmaciones o maneras de pensar, sino de las acciones.

Gonzalo, padre y hombre esforzado, le dio una «mano» a su hijo, quien completaba el quinto de primaria, por encontrarlo fumando un cigarrillo. Lo reprendió, lo felicitó por admitir la falta y dejó en él lecciones inolvidables. A criterio de Gonzalo, hay que estudiar matemáticas para ser un buen profesional; si estás en la Marina, mucho mejor; la disciplina en el estudio y las buenas notas son la base del éxito; no hay que confundir libertad con libertinaje; el cumplimiento de la ley y la obediencia a las normas y los reglamentos es una condición indispensable para formar ciudadanos útiles a la patria. La patria es el lugar donde nacemos; nuestra grandeza se forja y proviene del honor y la sangre de nuestros héroes, especialmente de los del gran almirante Miguel Grau Seminario, a quien debemos emular en virtudes, acciones y principios.

Jeremías Gonzalo Pechoabierto, el hijo que soñó, que se rebeló, que protestó, que tuvo sed, que acometió, que no quiso rendirse, nos cuenta su historia. Y no teme morir incomprendido en una aventura solitaria.

La narración de los hechos, medidas del gobierno y otros acontecimientos son expuestos desde el punto de vista del actor de esta breve historia. En resumen, todo lo que aquí se lee se cuenta a través de sus ojos. Con seguridad, usted discrepará de sus puntos de vista: la mayoría de la gente lo hace. Aun así, tal vez encuentre, si no útil, amena esta lectura.

A modo de advertencia, nos apresuramos a indicar al lector que este pequeño libro, este intricado relato, tiene música. En consonancia con los tiempos modernos, podrá encontrar unos pocos enlaces a internet, más exactamente a YouTube, a lo largo del texto; aunque también podrá encontrar esta música en Spotify.

A los críticos literarios les aclaramos que este recurso ha sido no solo aprobado sino alentado por nuestro maestro Rafael Amorós Terrones quien, siendo discípulo predilecto del buen sabio e ilustrado maestro de lengua y literatura Luis Jaime Cisneros, nos instó a utilizar este recurso «acorde a los tiempos modernos». A modo de ejemplo, le indicamos que esta introducción fue escrita con música de fondo interpretada por la orquesta joven de la sinfónica de Galicia, dirigida por el gran Vicente Alberol a quien, con solo ver su rostro pleno de satisfacción, podrán admirar a través del Bolero de Ravel.

Parte I

ACONTECIMIENTOS PREVIOS

Lima, 16 de marzo de 2020

El presidente de la república estaba por dirigir un mensaje a la nación. La situación estaba llena de incertidumbre. La verdad era que el gobierno no sabía qué hacer ni para qué, pero debía mostrar firmeza. En medio de la ignorancia, la única salida era seguir las instrucciones de la OMS: sería catastrófico que todo terminase mal y que el ejecutivo no haya seguido las recomendaciones de este alto organismo internacional, encargado de los asuntos de salud. A fin de cuentas, si salía mal lo que de todas maneras saldría mal, se podría decir que el gobierno y su estupendo presidente siguieron de manera responsable y escrupulosa las indicaciones de la OMS.

El mensaje gubernamental ya estaba listo, el argumento central sería el siguiente:

—Los gobiernos anteriores nos han dejado un sistema de salud catastrófico. No será posible atender a todos los enfermos: una terrible pandemia se viene procedente de la China y ya está arrasando con Europa Occidental.

Excelente. Prosiga, por favor.

— La tierra del gran Imperio Romano no puede controlar la pandemia, tampoco nuestra madre patria España.

Listo, concluya.

—Por ende, nosotros, el mejor gobierno que ustedes han tenido, vamos a achatar la curva. Todos nos vamos a contagiar, pero no hoy. Nos contagiaremos mañana cuando haya oxígeno y camas UCI.

Conclusión:

—Nadie puede salir de sus casas, salvo que el gobierno lo autorice.

Punto.

Se decretó la cuarentena. La población desconcertada solo pudo recurrir a los medios de comunicación, no existían los líderes de partidos políticos, no había sacerdotes con sotanas bien puestas, mucho menos obispos desobedientes, tampoco ideólogos valientes. Solo había una voz y esa era la de quien tenía la sartén por el mango: el gobierno de turno y los generales a su servicio.

Los principales medios de comunicación transmitían, ¿felizmente?, a la policía paseando por las calles, disponiendo las motocicletas y los automóviles policiales en perfecta fila. Se escuchaban aplausos desde los balcones: ¡qué maravillosa policía tenemos! ¡Cómo saben desfilar!

Un carro policial atrapó a un ciudadano que fue obligado, por su esposa, a pasear al perro. ¡Excelente actuación de la policía!

Una señorita al norte del país, a pocos pasos de la fachada de su casa, en el balneario de Colán frente al mar, observaba «irresponsablemente» la puesta del sol desde una cómoda silla reclinable. Una patrulla militar la sorprendió. Ella se resistió, pero el «valeroso» militar la cargó en ristre y la subió a la patrulla. ¡Maravilloso ejemplo de actuación militar! ¿Cómo se le ocurrió a la señorita mirar el mar, aunque esté a solas y no pueda contagiarse o contagiar a nadie? ¡Ella incumplió la ley y había que reprimirla!

Un muchachito malcriado salió a la calle con sus amigos. Un «competente» capitán le dio cuatro sopapos en la cara, frente a las cámaras para que todos los chicos del país sepan portarse bien. ¡Qué buen educador es este capitán! ¡Los padres del país deben agradecerle! ¡Así se debe criar a los hijos!

Parte II

IMPACTO EMOCIONAL

Con el propósito de impresionar a los llamados opinólogos, es decir, a las personas mediáticas que opinan sobre temas importantes y a la ciudadanía en general, la cuarentena en Perú fue denominada «aislamiento social obligatorio». Este huachafo y rebuscado nombre, por supuesto, fue inventado por la OMS y pretendía ser una medida de contención de la pandemia.

La extrema orden fue anunciada por el presidente y su muy obediente ministro de defensa el domingo 15 de marzo del 2020. Igualmente se anunció «estado de emergencia», el cual impuso el cierre total de las fronteras y el transporte.

Las muy bien obedecidas medidas de control de la pandemia, que entraron en vigor desde el día lunes 16 de marzo de 2020 a las 00:00 horas, pueden ser comprendidas a cabalidad con el siguiente resumen de las mismas:

- Usted no puede salir si no es médico emergencista.
- Si usted es médico, pero no de emergencias, no puede salir. Las consultas médicas están prohibidas.
- Odontólogos, psicólogos y psiquiatras deben esperar hasta que la cosa se agrave. Ya les avisaremos.
- Solo pueden funcionar las emergencias médicas, los puestos policiales, las farmacias, los bancos y los mercados.

- Se prohíbe toda actividad industrial no alimentaria, comercial, turística, gastronómica, educativa, recreacional y deportiva.

- Se cierran los aeropuertos. Nadie puede salir ni entrar al país.

- Se cierran los terrapuertos, trenes y los transportes marítimo y fluvial.

- Cines, colegios, universidades y jardines infantiles tienen prohibido funcionar.

- Se permite el pase de trabajadores del agro y la industria alimentaria. Deben ir como puedan a su trabajo y con pase emitido vía web.

- Se permiten los taxis, pero con micas entre los asientos y pases emitidos a diario.

- Si usted quiere tomar aire, tómelo desde la ventana de su casa.

- Niños menores de 14 años y personas mayores de 65 no pueden salir.

- Si usted tiene una emergencia médica, puede salir en auto si lo posee. El auto debe ir con las luces encendidas y usted debe ir solo. Si no tiene auto, no sabemos cómo puede ir.

- Si usted sale en auto a una emergencia médica, debe obtener previamente un pase emitido vía web.

- Aislamiento social es aislamiento social. Usted solo puede salir a la farmacia, al banco o al mercado.

- Si usted sale al mercado, debe ir solo y no puede llevar el auto. Si no puede cargar todo lo que compra, lleve una maleta. Si no tiene maleta, no vaya o tome un taxi.

- Estas medidas solo se tomarán por quince días. No se desespere. En quince días se levantarán las restricciones porque habremos controlado el contagio. Los estudios de la

OMS dicen que catorce días son suficientes, pero nosotros, por precaución, nos tomaremos quince días.

- Mientras tanto, montaremos más camas UCI y tendremos oxígeno. Ahí ya no habrá problemas: al que se enferma le daremos panadol y muy buenos cuidados en la villa panamericana, la cual será transformada en hospital de primeros cuidados.
- Si pudimos hacer de los panamericanos los mejores de la historia universal, podremos contra la pandemia del coronavirus.

La población no se confundió con las «tan claras» medidas; los más avispados se aprendieron de memoria las reglas y las normas. Los mensajes de WhatsApp y Facebook se llenaron de información. Otras redes sociales eran murales de figuración: no servían para informarse, aunque, más adelante, demostrarían ser muy útiles para movilizar a las masas. Los trabajadores informales, callejeros y ambulatorios, no se percataron del daño que se venía. Al fin y al cabo, solo eran quince días, una gran oportunidad para estar en casa, descansar y gozar de la familia.

Los resultados de estas normas se pueden leer en los acontecimientos noticiosos de los primeros días, pero así los leyó e interpretó Jeremías, nuestro protagonista:

Primer día:

El gobierno autorizó la entrega de un bono familiar de 380 soles, equivalente a 110 dólares americanos para la población más necesitada.

Se registraron 117 casos de contagio por el coronavirus en Perú. Van 13 hospitalizados.

Jeremías Pechoabierto estaba muy contento de permanecer en casa. Su dulce esposa cantaba al fondo del jardín, sacudiendo el polvo de los muebles que miran desde la terraza a la pequeña piscina.

Los centros de salud suspendieron los servicios de consultas médicas.

Los taxis con permiso para circular deberán tener una placa amarilla.

Jeremías Pechoabierto pensó en su hermano Carlitos. De niño bailaba marinera con un poste de luz debido a su insuficiencia visual, hoy día era amoroso en trotar: recorría caminos al cielo y sus ingresos familiares provenían del negocio de alquiler de coches. También pensó en su sobrino Manuelito, alias Flujo de Caja, quien estaba en el mismo negocio.

El gobierno decretó que las aerolíneas no están obligadas a rembolsar el dinero de vuelos cancelados.

Jeremías pensó en su hermano Pepe, alias Pepián de Choclo, por la constante exquisitez de su actuar, quien trabajaba en el Aeropuerto Internacional del Callao.

El Ministerio de Interior anunció que a medianoche terminarán con el cierre de todos los puntos de acceso a las ciudades y que este día será el único en el cual se tuvo «flexibilidad».

La Policía Nacional en Lima cerró varios terminales terrestres del transporte metropolitano por «la excesiva afluencia de personas».

Los restaurantes cerraron sus puertas. Tampoco atenderán mediante plataformas digitales. Volverán a abrir en el mes de abril.

Un grupo de ciudadanos protestó ante las cámaras de televisión por el alza de precios del 500 % en el transporte para los viajes, aunque prohibidos, al interior del país.

La cadena de pollerías Pardos Chicken donó pollos a la brasa al cuerpo general de bomberos de Lima.

El personal de la Marina de Guerra del Perú bloqueó las vías de acceso y salida al puerto y ciudad del Callao. Altos oficiales de esta institución solicitaron a la población «que vuelvan a sus hogares».

En la ciudad de Pucallpa, en el oriente peruano, se presentaron incidentes por el cierre del comercio y los puestos de venta.

El Ministerio Público, es decir, la fiscalía de la provincia Contralmirante Villar, en el departamento de Tumbes, al norte del país, abrió una investigación contra un grupo de comerciantes por presunta «alza irregular de precios y acaparamiento de productos».

La Policía Nacional bloqueó las principales avenidas en la ciudad de Iquitos, al oriente del país.

El canciller y ministro de Relaciones Exteriores comunicó que los consulados y embajadas «asesorarán» a los peruanos para su retorno al país tras el cierre de las fronteras.

Jeremías pensó en su extraordinaria hija, María-Gracia, quien vivía en Dinamarca con su nieto Arnau, nombre catalán de un personaje de Netflix. También en su hermana Polita, cuyo verdadero nombre era el de María Caridad del Carmen Delia Mercedes por capricho de sus padres y en homenaje a la madre de Jesús, a las virtudes, a su tía y a su propia madre, quien vivía en Suiza.

Cineplanet, una importante cadena de salas de cine, despidió a docenas de empleados. Un funcionario de la empresa manifestó que las destituciones «ya estaban planeadas con anterioridad».

El Equipo Especial Lava Jato, que investigaba el caso Odebrecht, congeló sus acciones.

Se registró que cien turistas argentinos y veintiséis españoles quedaron varados en la ciudad de Cusco.

En la populosa ciudad Puerto de Chimbote, al noroeste, se vendía pescado solo «hasta las diez de la mañana».

En la ciudad de Tacna, al extremo sur, se terminaron productos como huevos y pollo «de manera muy rápida».

En la ciudad de Arequipa, al suroeste, se encarceló a cuatro ciudadanos «irresponsables» por incumplir el estado de emergencia. En esta misma ciudad, se detuvo a un miembro de la Policía Nacional por cobrar una coima a un hombre «detenido por desacatar la cuarentena».

En la ciudad de Piura, al noroeste, la cantante Angie Gonzales Macedo dio positivo al COVID-19.

Jeremías buscó en la internet información sobre la gripe española y la pandemia de 1918. Nunca habló de ellas a sus estudiantes.

Segundo día:

Jeremías Pechoabierto se propuso reiniciar la lectura del libro que le regaló su adorada hija María-Paz, la de los ojos candorosos: *Las legiones malditas*, escrito por Santiago Posteguillo.

Jeremías recordó a su valiente hermano Kiko, quien también vivía en Suiza y complementaba sus ingresos con el negocio de los taxis. Lo imaginó feliz, al lado de sus dos mellizos de nombres bíblicos e inagotable energía.

«¡No puede ser posible! Estoy indignado con este tipo de empresarios», dijo.

Se cortó la energía eléctrica en cuatro distritos en la ciudad de Lima y un distrito al interior del país.

La Policía Nacional clausuró un supermercado en el distrito de Chorrillos por «delito contra el orden económico» y por «cobrar demás».

En el distrito La Victoria, en la provincia de Lima, fueron detenidas treinta personas por «salir a pasear durante el estado de emergencia».

Soldados armados cuidaban que la población cumpliese con la cuarentena en calles y avenidas.

Ante esta noticia, Jeremías abrió los ojos como platos por el espanto.

Varios grupos de «ciudadanos agradecidos» solicitaron a la población que «entregasen» bebidas y alimentos «en buen estado» a los miembros de las Fuerzas Armadas, quienes estaban «haciendo cumplir la cuarentena».

Se registró en la ciudad de Tacna la presencia de cientos de peruanos provenientes de Chile, quienes quedaron varados.

En la misma ciudad al sur peruano, la Policía Nacional capturó a un grupo de delincuentes que planeaban realizar un asalto «aprovechando la cuarentena».

El Ministerio de Trabajo exigió a los empleadores a «no dejar trabajar a sus empleados».

Jeremías pensó en su hermana Mechita, alias Pacharaca Ociosa por su incansable amor al baile y el trabajo, a quien ya no la dejan trabajar en una empresa de fondos colectivos.

También pensó en sus nietos y alumnos que no podían tomar el sol.

También en su madre Mercedes, a quien solía visitar todas las semanas y a quien ya no podía ver. El nombre de la película le hacía pensar en las doce veces que su madre estuvo encinta.

Jeremías pensó en su hermano Rafito y en su yerno Gonzalo, quienes trabajan en minas en la sierra.

Recordó cuando su madre fue nominada Madre Huancaína del Año, por allá en los años 70.

Se detuvo a veinte personas por incumplir el estado de emergencia en el distrito de Santa Anita, en la provincia de Lima. En este mismo, lugar una patrulla policial fue agredida, dejando a varios policías con moretones, rasguños e incluso uno de ellos con el dedo roto.

Se registraron cientos de detenidos en los puestos policiales a largo y ancho del país.

Miles de personas en los distritos de la ciudad de Lima, desde sus ventanas y balcones, lanzaron vivas a las Fuerzas Armadas y a la Policía Nacional: «¡Perú, Perú! ¡Sí se puede!».

Tercer día:

El presidente de la república declaró el «toque de queda» a nivel nacional, es decir, la inmovilización total obligatoria bajo orden de encarcelamiento para quienes desacaten el mandato.

Esta inmovilidad iniciaría desde las 20:00 horas hasta las 5:00 horas todos los días de la semana, por lo cual las empresas autorizadas debían terminar sus labores dos horas antes del toque de queda.

El gobierno reiteró la prohibición y cierre de escuelas, colegios y universidades.

Jeremías pensó en su hermano Albertito, Abeto, profesor en un colegio particular y quien en más de veinte años de servicios jamás había faltado al trabajo y nunca había llegado tarde.

Igualmente se decretó la prohibición del uso de vehículos particulares a excepción de aquellos necesarios para la pres-

tación de servicios esenciales. El motivo es que «los ciudada-
nos no acatan el aislamiento social obligatorio».

La población salió desesperada a comprar papel higiéni-
co. Miles de hombres y mujeres salían de los mercados portan-
do grandes paquetes de papel de 12, 24 o 48 rollos.

Se reportaron 234 contagiados y 3 fallecidos.

Jeremías Pechoabierto se filmó bailando un paso doble a solas. Se dio un baño en la cristalina piscina y continuó con la lectura de *Las legiones malditas*.

Se notificó que el Hospital de Ate y la Villa Panamericana
serían utilizados para atender a los enfermos por COVID-19.

El ministro de transportes informó que los cargos por los
servicios básicos de luz, agua, internet y telefonía serían pos-
puestos hasta que terminase la emergencia.

La frontera con Bolivia y el río desaguadero fue militariza-
do para evitar el ingreso de comerciantes bolivianos.

Según la cadena de noticias BBC, Londres, al 18 de marzo,
los más afectados eran los trabajadores informales, las perso-
nas en extrema pobreza y los inmigrantes venezolanos.

El Aeropuerto Internacional Jorge Chávez en el Callao era
utilizado como campamento por centenares de viajeros es-
tancados.

Delincuentes asaltaron durante el estado de emergencia
un centro comercial en el distrito de Los Olivos, en la capital
peruana.

En las regiones de Apurímac y Cajamarca se capturaron
a 30 y 40 personas, respectivamente, por incumplir la cua-
rentena.

El Poder Judicial atendió casos excepcionales mediante salvoconductos para su personal.

Un grupo de bomberos voluntarios se enfrentó en violenta discusión con miembros de la Policía Nacional que les impedían pasar a «resolver un incidente». El ministro de agricultura informó que varios «malos comerciantes» estaban especulando con los precios.

600 reos se amotinaron en el penal de Río Seco, en la ciudad de Piura.

Turistas estadounidenses informaron estar «atrapados» en el Perú.

La cadena de televisión Gol Perú trasmitió el partido entre los equipos de Alianza Lima y Comerciantes Unidos, culminando en la victoria del primero. Un representante de esta emisora informó que la trasmisión se hizo como «una manera de apoyar el desarrollo de la cuarentena».

La empresa estatal generadora de agua potable comunicó que distribuirá agua en las zonas más afectadas por el estado de emergencia.

En Andahuaylas, un grupo de personas fue detenido por transportase en un camión de carga para «burlar la cuarentena».

La Superintendencia de Administración Tributaria aprobó «creativas e innovadoras políticas» que ellos mismos describen como un «conjunto de medidas para dar mayor liquidez y facilidades a los contribuyentes».

El Ministerio de Trabajo informó que desde al día siguiente habría tolerancia de dos horas para los trabajadores que van a su centro de labores.

En la ciudad de Chiclayo, al norte del país, miembros del ejército obligaron a hacer ejercicios de ranas a «sujetos que habían violado el estado de emergencia sin una justificación importante».

En la ciudad de Piura, un grupo de ancianos salió a hacer sus compras. Los octogenarios justificaron su imprudencia pues manifestaron dudar de la existencia del coronavirus y afirmaron que era una «creación de los Estados Unidos de Norteamérica».

El Ministro del Interior informó que, en caso de emergencia, las personas podían salir con una tela blanca.

En la ciudad de Trujillo, al norte, fueron detenidas 477 personas que violaron la cuarentena.

Jeremías soltó una lágrima dolida, profunda, al recordar a su inigualable hermano Coque con quien viajó a Trujillo a disfrutar las fiestas de primavera. Sin dinero y en una motocicleta, cruzaron el cerro El Gavilán desde la ciudad de Cajamarca. Tenían 15 y 14 años de edad, y muchas ansias de vivir y enamorar.

Coque murió en un accidente de tránsito a los 19 años. Este terrible suceso clavó un hacha dolorosa en el corazón de Jeremías. *Pasa y queda, pasa ligera la maldita primavera.*

En la región de Apurímac, la acción de un grupo de policías fue aplaudida por la población: celebraron «sobriamente» el cumpleaños de uno de ellos.

*En el distrito de San Juan de Turucani, en la región Arequi-
pa, murieron cuatro hombres y dos resultaron heridos cuando
estaban intentando burlar el control policial para llegar a la
ciudad de Puno, su tierra natal, donde deseaban cumplir la
cuarentena.*

Cuarto día:

*Dirigentes de tres distritos de la ciudad de Lima anuncia-
ron que repartirían víveres de primera necesidad a los refugia-
dos venezolanos afectados por la cuarentena.*

*El gobierno aclaró a la población que los niños menores
de 12 años no podían salir a las calles bajo ninguna circuns-
tancia. El ministro de defensa también aclaró, muy enérgica-
mente, que las personas mayores de 65 años solo pueden salir
al mercado, al banco o a la farmacia y solas, sin ningún tipo
de compañía.*

*Se registró la cuarta muerte por coronavirus en Perú: ciu-
dadana de 75 años que había estado en España. Murió por
insuficiencia respiratoria y neumonía. Se actualizó la cifra de
contagios a 263.*

Jeremías Pechoabierto había tomado como hábito bañarse
en la pequeña piscina, el baile frente al televisor —ahora con su
dulce esposa— y la posterior lectura de las hazañas de las tropas
romanas al mando de uno de los escipiones.

*El gobierno anunció el despido de la ministra de salud y,
minutos después, el nuevo ministro tomó juramento: un espe-
cialista en salud pública.*

El comando conjunto de las Fuerzas Armadas del Perú pidió a la población izar banderas peruanas en las casas y edificios de todas las ciudades como «acto simbólico» y «levantar la moral» ante el aumento de casos de infectados por el coronavirus.

El gobierno de la República Popular China entregó 30 mil kits de pruebas serológicas para la detección del nuevo coronavirus.

El ministro de defensa expresó que dio una llamada de atención a la «gente irresponsable que no toma con seriedad las medidas del gobierno»: «Esta es una situación de vida o muerte —dijo—. Vida o muerte de nuestros familiares, de nuestros padres, de nuestros abuelos, que son la gente de edad avanzada que corre más peligro».

La población continuaba comprando papel higiénico a montones.

El gobierno de Israel envió un avión para repatriar a sus ciudadanos.

La empresa aérea LATAM pidió a sus trabajadores que, debido a la crisis, redujesen voluntariamente su sueldo a 50 % para no tener que despedir a sus 43 mil empleados.

La Asociación para el Fomento de la Infraestructura Nacional pidió a los jugadores de videojuegos «no saturar la red» ya que dicha acción perjudicaba «a los que se encuentran trabajando desde sus hogares debido a la cuarentena».

Se reportaron nuevos apagones de energía eléctrica en 7 distritos de la ciudad de Lima.

Jeremías recordó a su hermano Ernesto, un corajudo hombre que se reinventó mil veces y a quien, en su niñez, su padre apodó Tiringo por error al decir *tilingo*, es decir, muy delgado, flaco. Él trabajaba como regidor municipal en un distrito de la ciudad de Lima.

En el penal de la ciudad de Chiclayo se presentó y aplacó un motín de presos atemorizados de contagiarse por COVID-19.

El director general de la Policía Nacional informó que hubo 114 personas y 35 vehículos retenidos en El Callao. El general expresó su preocupación por los «constantes desaires» que un grupo de la población hacía respecto a la cuarentena.

En la ciudad de Tacna, al extremo sur del país, un tanque del ejército «vigiló» el centro de la ciudad con el fin de asegurar el cumplimiento de la inmovilización y la cuarentena.

Quinto día:

La Asociación de Empresas de Transporte Aéreo Internacional solicitó apoyo al gobierno peruano para poder enfrentar la crisis económica generada por la cuarentena, la asociación también explicó que perderá US$113 mil millones y que podrían terminar quebrando.

Se reportó 318 infectados y 5 muertos a raíz de la pandemia. El quinto fallecido fue un ciudadano peruano que murió a los 83 años en Piura.

Más de 8 mil personas han sido detenidas desde que empezó la cuarentena por no cumplir con las medidas del estado de emergencia.

Jeremías está muy triste por los acontecimientos en su patria, no se explica la severidad de las medidas emprendidas por el gobierno, teme se genere una crisis económica de impredecibles consecuencias, mientras continúa con el nado diario en las prístinas aguas de la piscina, revisando el material para sus clases de historia económica y leyendo la epopeya de las legiones romanas.

El gobierno informó que los inmigrantes venezolanos no recibirían el bono de 380 soles.

El exministro de defensa, Rafael Rey, dio positivo al COVID-19.

Varias comunidades campesinas, en la región Apurímac, instalaron carteles a la entrada de sus pueblos con el siguiente mensaje: «Prohibido ingresar. Estado de emergencia por COVID-19».

La municipalidad de Chachapoyas, en la región Amazonas, al nororiente, ordenó «desinfectar» los vehículos que ingresaran a la ciudad. En Cuzco, las autoridades municipales hicieron lo mismo en la plaza mayor de la ciudad.

El Ministerio de Educación comunicó que se desarrollaría el proyecto Aprendo en Casa con el objetivo de que los alumnos no perdiesen más clases.

El decano del Colegio Médico del Perú pidió extender la cuarentena más allá de quince días.

El Fondo Monetario Internacional pronosticó que el Perú, como casi la totalidad de países de América del Sur, no estaba preparado para afrontar con éxito la pandemia.

Ante la fuerte demanda, se previó una escasez general de papel higiénico. Esta noticia hizo salir a millares de pobladores a comprar papel toalla como sustituto.

El gobernador de Arequipa colocó camiones cisterna llenos de agua en la pista de aterrizaje del aeropuerto de la *ciudad para impedir que tres aviones de la Fuerza Aérea ingresaran con 500 peruanos procedentes de México. Demandó al gobierno central que no se dejase «ingresar más extranjeros a la ciudad de Arequipa».*

En la ciudad de Puno, en la sierra sur, un chofer atropelló al soldado Ronald Mamani Ajajahui, provocando su muerte. El presidente de la república pidió «la máxima sanción contra el imprudente».

Sexto día:

El ministro de defensa anunció que ese día se permitiría el retorno de peruanos y la salida de extranjeros en vuelos y corredores humanitarios.

El presidente de la república confirmó 363 infectados, 31 hospitalizados y 5 personas en cuidados intensivos.

Se han utilizado solo 7 mil de un millón 600 mil pruebas serológicas proyectadas y que llegarían más la semana siguiente. Se tenía por meta realizar 5 mil pruebas al día y no 500, como se estaba haciendo.

La PNP informó que se ha detenido a 11 mil ciudadanos desde que se declaró el estado de emergencia.

Jeremías no juega al tenis desde hace ya una semana. Solo nada con un estilo impecable, tres largos de pecho y uno al modo libre, en la corta piscina de su casa. Eso es suficiente para su «extraordinaria fisiología».

El marcapasos que le colocaron, a insistencia del médico cardiólogo y por presión de su esposa e hijas, el 14 de febrero de ese mismo año, no fue necesario a su criterio: según él, los mareos provenían del oído y no del corazón. Que su corazón latiese a 45 latidos por minuto es consecuencia de su «fortaleza serrana», su juventud cajamarquina y sus «extraordinarias dotes» para el tenis.

El gobierno regional de la región Junín, en el centro del país, ordenó cerrar los establecimientos de comercio de víveres de primera necesidad «para evitar el incremento de casos de COVID-19».

La saliente exministra de salud agradeció al presidente de la república «por la oportunidad de servir a mi país» y manifestó sus «mejores deseos» a su sucesor en el cargo.

La empresa que manejaba las franquicias de KFC, Pizza Hut, Starbucks, Burger King y Chili's, así como la empresa criadora de pollos más grande del país, donaron 24 toneladas de comida perecedera a la Marina de Guerra del Perú, al cuerpo de bomberos y a diversos albergues para que pudiesen «contrarrestar los efectos del estado de emergencia».

La asociación de compañías de telecomunicaciones que agrupaba a empresas como Claro, Movistar, Entel, Bitel y DIRECTV junto con la de Fomento de la Infraestructura Nacional pidieron a la población que pagasen sus recibos «dentro de los plazos respectivos» para poder continuar con los servicios de telecomunicaciones y «no afectar a sus trabajadores».

El Ministerio de Educación creó el cuento infantil «Los niños contra el coronavirus», el cual fue traducido a varios dialectos amerindios. No se tenían noticias de cuándo se iba a imprimir, tampoco de su distribución.

El diario nacional Expreso informó que el dinero deposita-do en las administradoras de fondos de pensiones estaba en peligro de «perderse completamente».

Las Fuerzas Armadas del Perú conceptuaron la pandemia como una «guerra» y pidieron a los jóvenes que, «desde su trin-chera», cuidasen a sus abuelos y a los «pobladores vulnerables».

Jeremías no entendía la lógica de lo que acontecía.

Se contabilizaron 8 mil personas detenidas a nivel nacio-nal por no obedecer la cuarentena.

Séptimo día:

Se informó que, el día anterior, un médico y un «grupo mi-núsculo de enfermeras», que habían denunciado la falta de equipos para enfrentar la pandemia, fueron detenidos por la Policía Nacional. La autoridad manifestó que «realizaron una reunión en pleno estado de emergencia».

El Ministerio de Salud confirmó que había **395 infectados y 17 hospitalizados.**

La pequeña piscina de Jeremías se estaba enturbiando un poquito. Necesitaba cloro.

Se anunció que 330 mil pruebas rápidas serológicas llega-rían el 27 de marzo a través de un vuelo procedente de Shan-ghái. La población del Perú era de un aproximado de 32 mi-llones de habitantes. En abril llegaría el resto en cantidad no precisada.

El ministro de salud dijo que se estaban «evaluando muchos factores para decidir si prolongar o no la cuarentena».

La Superintendencia de Banca y Seguros informó que había «hecho el esfuerzo de reprogramar» un monto de 12 mil millones de soles (equivalente a 3400 millones de dólares americanos) en deudas.

Los principales medios de comunicación del país informaron que «la obstetra que falleció no lo hizo por coronavirus»: tuvo un accidente cerebrovascular.

En la ciudad de Trujillo, se registró otro motín en una cárcel.

En la ciudad de Piura, un miembro del ejército fue separado por agredir a un ciudadano que «no quería ser intervenido» por violar la cuarentena.

En la ciudad de Chiclayo, un pastor evangélico salió a predicar y un número significativo de personas lo siguió, incumpliendo la inmovilización social.

En la ciudad de Cuzco, miembros del cuerpo general de bomberos voluntarios repartieron alimentos a miembros de la Policía Nacional y de las Fuerzas Armadas.

La presidenta de EsSalud, entidad estatal prestadora de salud, dijo en una entrevista que la COVID-19 «no es letal. Se maneja en casa en quince días». Por sus declaraciones, el Sindicato Nacional Médico del Seguro Social del Perú pidió su remoción del cargo.

Un vocero de los inmigrantes venezolanos solicitó al gobierno de su país un vuelo humanitario para retornar a su país.

Jeremías no entendía nada. Sentía que algo no estaba bien. Empezó a sentirse confundido y exasperado. El marcapasos le hacía sentir un zapateo en el pecho desde los 50 latidos por minuto.

El gobierno publicó el enlace web del programa para recibir el bono de 380 soles, el cual podía ser retirado «solamente por mujeres y en turnos».

Octavo día:

El presidente de la república pidió a las personas que el bono de 380 soles «no lo cobren si no lo necesitan».

El doctor Pedro Sánchez, vecino de Jeremías, le pidió prestado cloro para su piscina. Él le prestó la mitad de dos pastillas que le quedaban.

Jeremías estaba contento. Se habían iniciado las clases virtuales en las dos universidades donde dictaba Historia Económica de la Humanidad, para el curso de Globalización, Apertura y Tendencias, en una; y la de Gerencia de *Marketing* en la otra. Solo tendría una sección en cada universidad. pero esto era suficiente para ser feliz: trabajaba en lo que amaba.

El presidente de la república, en una conferencia de prensa, manifestó lo siguiente en relación a la cuarentena y el combate al nuevo coronavirus: «Este es un proceso arduo y de largo aliento —luego agregó—: Los datos que tenemos al día de hoy son 416 con diagnóstico positivo. El porcentaje de casos positivos es del 6 % dentro del margen de la evolución de la enfermedad.

»Tenemos 23 hospitalizados, 9 en cuidados intensivos con ventilación mecánica, 2 con evolución favorable y 4 de "sumo cuidado" —y finalizó con—: 7 personas han fallecido por coronavirus».

En la misma conferencia de prensa, el ministro de salud informó: «Tenemos alto grado de incertidumbre y poca información. Estamos aprendiendo de las mejores prácticas de otros países, de académicos y de nuestra experiencia —agregó—: Tenemos un equipo de expertos que trabajan constantemente». Luego, en tono muy firme, dijo: «Sobre la base de estas conversaciones con altos niveles de incertidumbre, hemos proyectado cómo se comportaría la epidemia. Una de esas proyecciones fue: ¿qué pasa si no hacemos nada? Calculamos que tendríamos 4 millones de personas infectadas y 140 mil hospitalizaciones», concluyó en forma contundente y con el rostro muy serio.

La periodista Milagros Leiva fue detenida por la policía al salir a la calle. Ella amenazó con llamar a un general amigo. Dicha actitud fue muy criticada por periodistas de medios rivales.

La compañía de cervezas Backus, casi monopólica y la más grande del país, informó que cesará su producción de cerveza y el agua que utilizaba en dicha fabricación sería embotellada para donación.

Jeremías manifestó su extrañeza y pena por esta decisión vía Facebook. Recibió muchos Me Gusta: eran como 12 amigos. Las amigas se abstenían de comentar y mucho menos compartir la publicación.

La plaza de toros de Acho, en Lima, será habilitada para albergar a personas sin hogar en peligro de contraer la enfermedad.

La compañía de telecomunicaciones Entel Perú solicitó a sus usuarios «no retrasarse en los pagos».

Noveno día:

Ya habían sido detenidas 18 000 personas por no cumplir la cuarentena.

La piscina de Jeremías estaba un poquito más turbia. Todavía era posible gozar y ejercitarse. Hacía nueve días que no salía a la calle y menos a hacer deporte. Qué bonito cantaba su esposa... ¿Quién le dijo en su niñez que era desentonada? Jeremías la escuchaba y sentía que era a él a quien le cantaba desde el jardín exterior.

Las plataformas para las clases virtuales en las dos universidades eran complicadas en un inicio, pero funcionaban muy bien. Lástima que no todos los alumnos tenían audio y ninguno abría su cámara de video: parecía que a las 9 a. m. muchos alumnos todavía estaban en pijama.

Se anunció que, al día siguiente, el gobierno evaluaría la cantidad de días en que se ampliaría el estado de emergencia. En Lima, la ampliación sería de entre 10 a 15 días; en provincias, entre 15 a 20 días.

El gobierno informó que compraría un millón 600 mil kits de «pruebas rápidas», no para comprobar si se tenía COVID-19, sino para ver si se tenían anticuerpos. Un prestigioso expresidente del Instituto Nacional de Salud denunció que esto «generará mucha frustración en la población, porque van a dar resultados negativos cuando no son negativos».

La ONG Unión Venezolana pidió que se evaluase una asistencia humanitaria para los inmigrantes venezolanos en el Perú.

En la ciudad de Lima, un juez condenó a 8 años y medio de prisión a una mujer que «violentó a un policía» el 21 de marzo y no obedeció el estado de emergencia.

En la ciudad de Piura, un paciente de COVID-19 reveló que le dieron de alta a pesar de que seguía estando muy grave. Indignado, dijo: «me mandaron a morir a un cuarto».

Un grupo de congresistas de la república violó la cuarentena.

El presidente del Instituto Nacional Penitenciario y otros integrantes del Consejo Nacional Penitenciario fueron destituidos por los últimos motines en las cárceles.

Autoridades y policías municipales del puerto del Callao realizaron bailes, con antiguos discos de la cantante de música infantil Yola Polastry, para «concientizar a las personas a respetar el estado de emergencia».

En el distrito de Catache, en la región Cajamarca, decenas de pobladores atacaron con fuego a murciélagos por ser los «responsables del coronavirus».

Jeremías se había comprado un libro de lógica para entender lo que estaba pasando: esperaba que le llegase a casa vía *delivery* en pocos días.

También recibió la noticia de que su extraordinariamente amoroso hermano, Manuel, apodado Mañé en honor a Manuel «Mañé» Checa Solari, y quien vivía solo en Huacho, al norte de Lima, había sido designado para recibir el bono gubernamental. Lo gozará bebiendo «ya poco» ron. La solitariedad era diferente a la soledad: «la primera es voluntaria», afirmaba Mañé.

Décimo día:

También anunció que se prolongaba el estado de emergencia y la cuarentena hasta, al menos, el 12 de abril.

Jeremías aventó una almohada y un vaso lleno de agua a su televisor.

Se reportaron 580 contagiados, 100 más que el día anterior, y ningún muerto nuevo: seguían siendo 9.

Se informó que 2568 personas fueron detenidas y que ya van más de 20 mil en total.

En las ciudades en las que no se ha respetado la cuarentena, es decir, la costa norte y la selva, el toque de queda comenzaría antes de las 8 p. m.

Turistas alemanes se quedaron varados dentro del país.

En el distrito de Carabayllo, en la provincia de Lima, varias personas hicieron cola para comprar pollo.

En el distrito de Magdalena del Mar, en la provincia de Lima, se reportó que dos familias de inmigrantes venezolanos vivían en un camión de mudanza durante la cuarentena.

El gobierno anunció que 10 mil reservistas del ejército saldrían a patrullar las calles de las principales ciudades del país.

Los supermercados de todo el país, en especial en la capital, restringieron la compra de papel higiénico a un máximo de solo un paquete de 12 rollos por persona.

La almohada que arrojó Jeremías se estrelló en el televisor y este cayó por los suelos, dejando la pantalla rajada.

En la ciudad de Cuzco, el fuero militar policial dictó prisión a cinco miembros de la Policía Nacional por estar «bebiendo licor durante el estado de emergencia».

El vaso de agua que disparó mojó la foto de su suegra, la cual su esposa veneraba y que estaba sobre el aparador.

La población de Perú se puede comunicar con sus familia-res y amigos cercanos solo por teléfono.

Decimoprimer día:

Los directores técnicos de la selección peruana de fútbol, Nolberto Solano y Pablo Zegarra, fueron detenidos por violar la cuarentena al asistir a una sencilla fiesta.

Jeremías decidió no ver más noticias en la televisión. La pantalla de su televisor, con una raya vertical que lo parte en dos, aún funcionaba.

La foto de la suegra estaba secándose al sol detrás del macetero de jardín posterior. Felizmente, su esposa no había sentido la ausencia de la mirada de su madre desde el aparador.

Decimosegundo día:

Era 27 de abril del 2020. Jeremías recibió un mensaje de parte de su indestructible jefe y gran amigo, Antonio Espinosa, quien se calificaba como judío sefardita. Le manifestaba que, «por razones de austeridad empresarial», los servicios de asesoría que

Jeremías prestaba a la empresa inmobiliaria que Antonio dirigía estaban suspendidos por un plazo no determinado.

Un comunicado del coordinador pedagógico de la Universidad UPC le informó que el curso de Globalización, Apertura y Tendencias ya no será dictado por profesores a tiempo parcial como lo era él.

Su esposa Queti, alias La Tromba, había sido detectada con infección por el nuevo coronavirus mediante la prueba rápida. El mismo diagnóstico lo recibió su segunda hija, Daniela, quien nunca veía defectos en su padre.

Por primera vez, Jeremías dudó: ¿lo más terrible de la situación era la cuarentena o la misma enfermedad? La privación de la libertad y el sojuzgamiento contra el deterioro respiratorio y la trombosis.

El morir de hambre, encerrado y humillado o salir libre y morir para comer.

Una idea cruzó su pensamiento: «No solo quieren dictarnos cómo vivir; ahora quieren decirnos como morir».

Parte III

ES SOLO UN REPASO DE SU GRUPO EN WHATSAPP

Grupo familiar. Participan Queti, Milagros, Daniela, María-Paz, María-Gracia y Jeremías.

María-Paz: *Soñé que nos íbamos con la familia a Rumania. Había caballos, carretas y autos. Y cerros verdes como en los países donde llueve.*

Queti: *¡Tenemos que irnos todos juntos a algún sitio! ¿La Cantuta? ¿Lunahuaná?*

María-Paz: *Más lejos. A Puno. A Tingo María.*

Queti: *Puno es lindo.*

María-Paz: *Ayacucho.*

Queti: *Me encantaría.*

María-Paz: Eso, eso, eso

Jeremías: *O a Polloc.*

Todas: *¡¡¡Síííííí!!!*

Milagros: *¿Otra vez a Polloc, pá?*

Polloc era un bellísimo lugar verde a solo 30 kilómetros de la ciudad de Cajamarca. Lo engrandecía una preciosa iglesia hoy reformada por sacerdotes italianos, así como las aguas de un sagrado manantial inacabable y cristalino que brotaba del subsuelo, bendecido a los pies de la imagen de la virgen del Rosario. La infancia de Jeremías y sus hermanos transcurrió en ese sitio sagrado, colmada de los besos y el cariño de sus padres, Mercedes y Gonzalo.

Polloc estaba plagado de perfección y recuerdos, carreras infantiles, risas y nostalgia. El verde de los campos competía en belleza con el azul del firmamento. Ya no había curcules, los hijos de los sapos, pero quedaban las piedras al fondo de la acequia sobre las que corrían como lágrimas las aguas que venían desde el pie mismo de la iglesia hasta la antigua hacienda. Así como las aguas, corría también la felicidad hacia el presente en los pensamientos de Jeremías.

Los resultados de las pruebas moleculares de diagnóstico para COVID-19 fueron negativos tanto en Queti como en Danielita: las pruebas rápidas habían dado un falso positivo. Esto no fue óbice para que Jeremías, su esposa y Meche, la empleada de la casa, bebieran dos dosis de ivermectina. Queti agregó, en una secuencia de ocho días, unas detestables pastillas diarias de hidroxicloroquina que le produjeron mareos y dolores de cabeza. Pero si la receta provenía de un famoso y mediático médico epidemiólogo como lo era el doctor Gotuzo, pensó que esto haría bien para algo que nunca tuvo.

El Colegio Médico del Perú pidió «al menos tres días de inmovilización total para reducir los contagios».

—Tres días no nos van a quitar nada —aseguró el vicedecano—. Esto permitirá que miles de personas con coronavirus no sigan contagiando.

El 26 de abril se habían publicado datos sobre el avance del coronavirus y la lucha contra la pandemia en Latinoamérica:

Bolivia: *950 casos confirmados y 50 fallecidos.*
Chile: *13 813 casos confirmados y 198 fallecidos.*
Cuba: *1369 casos confirmados y 54 fallecidos.*
Ecuador: *22 719 casos confirmados y 576 fallecidos.*
Perú: *27 517 casos confirmados y 728 fallecidos.*

La fotografía de la suegra se había secado por completo, aunque estaba rugosa y un poquito amarillenta. Volvió a colocarla a escondidas en el lugar correcto. La suegra lucía sonriente.

«Se van a morir a sus casas porque no tenemos camas» eran las impactantes declaraciones que recogía la BBC en un hospital de la región Loreto, en el oriente del Perú.

El televisor de Jeremías, aunque con una raya vertical, todavía emitía las noticias. En horas de la noche, se reportó que, hasta la fecha, ya había 782 fallecidos. La cuarentena se mantendría, por orden del gobierno, hasta el 15 de junio, es decir 19 días más.

El reporte noticioso del 28 de abril indicaba que había 31 190 casos positivos, 4088 hospitalizados y 854 fallecidos.

Hacía ya varios días que Jeremías cavilaba y reflexionaba. Su atormentado cerebro ya no razonaba de la manera en que lo hacía durante 67 años: ahora está más lúcido. Nunca se había sentido físicamente mejor. Sabía más que antes; comparaba, sopesaba y tomaba mejores decisiones que en su juventud.

Su marcapasos saltaba solo cuatro o cinco veces al día. El médico no le contestaba las llamadas. «Esto es señal de que estoy muy bien», concluía. El dolor de las rodillas era cosa normal; ocho kilos de sobrepeso no eran nada. Su pequeña cifosis era imperceptible frente al espejo, además, siempre la tuvo.

Jeremías sentía que estaba en su mejor momento.

La hermosa campiña de Polloc en épocas de secano.

Parte IV

SIMILITUDES

En varias noches de inspiración y entre «muy razonables» comparaciones, Jeremías hacía las siguientes elucubraciones y llegaba siempre a las mismas conclusiones:

—Gandhi nació en la India, yo en Perú. Hay tanto desorden en la India como lo hay en Perú. El autoritarismo inglés en la India a fines de los años 1800 y comienzos de 1900 era incomprensible, como lo es la cuarentena en el Perú del 2020.

—Gandhi fue un destacadísimo líder del movimiento de independencia, yo puedo ser un apreciable dirigente de la protesta por la libertad; Gandhi fue pacifista, yo también lo soy; él fue abogado, yo soy economista; él fue un desobediente civil, yo puedo ser un desobediente moral. Él fue político y pensador, yo me intereso en la política y me encanta pensar; Gandhi buscaba un estatuto de autonomía para la India, yo busco que se derogue la ley de acuartelamiento. No me queda duda, somos idénticos. Creo que hasta nos parecemos físicamente.

Se decía Jeremías con convicción, aunque ningún rasgo anatómico era similar y ni siquiera parecido al de Gandhi. Pero como las cosas no son como son, sino cómo la gente las percibe, el parecido se convirtió en realidad.

Gandhi fue, para el movimiento independentista de la India, el adalid más prominente: el asombroso método que practicó, la desobediencia civil no violenta, atraía hasta al hombre más duro y era capaz de enloquecer el delicado corazón de Jeremías.

Mohandas Karamchand Gandhi, además de abogado y político, fue principalmente un inspirador de multitudes, un pacifista contumaz y un obstinado pensador. A partir de la segunda década del siglo XX, integró con devoción el movimiento nacionalista hindú. Organizó sistemáticas protestas de lucha social, rechazó la lucha armada y predicó como medio de resistencia la no violencia (Ahiṃsā en hindú). Gandhi patrocinaba y promovía con ardor la total lealtad a los dictados de la conciencia.

Gandhi fue tan amado por su pueblo que fue llamado Bāpu, es decir, *padre*.

Pechoabierto fue, para el movimiento de protesta por la cuarentena, un desconocido. En realidad, en el Perú de esos días y también en los actuales, no existía ninguna protesta contra la cuarentena.

Jeremías Gonzalo Pechoabierto, además de economista y exgerente, era sobre todo un solitario profesor universitario que pretendía inspirar a sus alumnos sin saber si conseguiría o no resultados; era un compasivo contumaz y un dubitativo pensador. Nunca integró movimiento alguno: solo asistía a reuniones familiares o de pequeños grupos de amigos. Jamás participó y menos organizó protestas de lucha social. Sin embargo, últimamente, manifestaba con devoción y asertividad sus pensamientos liberales, rechazando la intervención del estado y predicando en redes sociales sus ideas libertarias como medio para resistir las corrientes progresistas. Pechoabierto favorecía y promovía con fervor los principios de libertad, competitividad y amor al prójimo.

Con respecto a la economía y la política, Gandhi, pensaba que no correspondía considerar al trabajo como más importante que el capital, ni que el capital debía ser considerado superior al trabajo: para él, todo extremo en el énfasis por sostener el uno a expensas del otro era muy peligroso y dañino para el bienestar de los pueblos. Sostenía que lo ideal era un saludable equilibrio de factores; afirmaba que ambos factores eran igual de ventajosos para el desarrollo económico y la justicia social.

En relación a la política económica, Pechoabierto aseguraba que el papel preponderante le pertenecía al trabajo de la tierra; y que el capital y el trabajo, como factores secundarios, multiplicaban sus frutos al explotar la primera. Sin tierra, no hay nada: el trabajo hace producir a la tierra, el capital acumulado potencia el trabajo. Sin embargo, enfatizaba que un cuarto factor llamado Inventiva o Imaginación, que era el hijo de la madre Capital y el padre Trabajo, superaba a sus progenitores, creando riqueza, generando valor y trayendo consigo el bienestar. La tierra es el vientre. Los padres, al unirse en un abrazo fecundo, gestan al hijo Inventiva quien, al ser más robusto, multiplica y diversifica los productos de la tierra.

El 8 de mayo, en conferencia de prensa desde el Palacio de Gobierno, el presidente de la república anunció que la cuarentena y el estado de emergencia se prolongarían hasta el domingo 24 de mayo.

El presidente explicó que, debido a que la curva de contagios «todavía no ha detenido su crecimiento», la cuarentena no se levantaría y todas las medidas para «cuidar a la población» se mantendrían, incluidas todas las prohibiciones de salir a los parques, las plazas, las playas y los jardines. Los restaurantes, los hoteles, las galerías, los museos, las reuniones sociales o familiares y toda actividad no esencial serían fuertemente vigilados y sancionados con multas pecuniarias a los individuos y las empresas.

—El estado peruano no se da abasto con los recursos que tiene para atender a la inmensa cantidad de pacientes que se infectan cada día. El gran encargo que tenemos todos los peruanos es reducir el ratio de contagio a menos de 1. Todos tenemos dificultades, pero ha valido el esfuerzo. Que valga la pena un esfuerzo adicional.

Enfatizó, leyendo un papel escrito y mirando a sus ministros, quienes hacían suyas las medidas a riesgo de perder los puestos que ostentaban y no merecían.

—Tenemos que extender el estado de emergencia por dos semanas más: hasta el día domingo 24 de mayo. No sería responsable como presidente si levantara ahora la cuarentena.

Aseguró el primer mandatario sin titubear y, solo en apariencia, muy seguro de lo que hacía. En realidad, los que lo rodeaban le decían constantemente que lo que hacía estaba bien.

Parte V

LA MARCHA DE LA SAL

Las escenas de la marcha de la sal, grabadas en su memoria desde aquel año en que vio la película en el Cine Azul, revolotearon y salieron a flote en el complejo imaginario de nuestro protagonista: Mahatma indignado por la prohibición a cualquier hindú de recoger el agua del mar y producir sal, solitario en su traje blanco que no era más que una túnica o manto que le cubría escasamente el pecho y la espalda y, en la parte baja, una prenda blanquísima llamada dhoti. Tomó una trascendental decisión:

Gandhi dobló su dhoti alrededor de la cintura y pasándoselo por el medio de las piernas, se lo fijó en la cintura. Formó así una especie de pantalones livianos y menudos, ideales para una larga caminata durante el clima cálido. Gandhi usaba la túnica y el dhoti como símbolos de humildad y pobreza, y para confundirse con la clase más pobre de la India: él pertenecía a una clase social media, tenía estudios superiores. Al vestirse así, el pueblo lo veía como lo vio cuando dejó todo de lado y se ofrendó a la libertad mediante la protesta en paz. Tales eran sus vestimentas que se cuenta que, cierta vez en una celebración en un templo hindú, lo detuvieron en la puerta sin dejarle entrar.

Mahatma Gandhi fue el conductor e inspirador de la marcha de la sal, una caminata en protesta que retó al poder inglés. Fue una expresión en contra de los impuestos con los que se gravó la venta de la sal y la prohibición de producirlo para cualquier ciudadano hindú.

Bāpu partió el 12 de marzo de 1930, semidesnudo, con un largo bastón cortado como un madero largo, delgado y torcido que casi llegaba a su propia altura. Esta marcha se reconoció como uno de los más importantes golpes a la tiranía británica y que luego conduciría a la independencia de la India. Mahatma Gandhi embistió al todopoderoso imperio británico con la inocente y pacífica, pero demoledora, marcha de la sal que se llevó adelante en una grandiosa caminata hasta el 6 de abril de 1930. Gandhi salió a extraer sal del mar de Omán: recorrió 385 kilómetros a pie y casi desnudo. Caminó y convocó a su pueblo a seguirlo. Esta marcha le tomó veinticinco días y se hizo con el fin de romper el monopolio británico en la India y dejar un legado que se extendiese hasta nuestros días.

En años anteriores, Gandhi había encabezado muchas acciones y protestas no violentas; también había propiciado y participado en varias huelgas de hambre para obtener autonomía de la corona británica tal como la tenían Australia y Canadá. Muchos miembros de su partido (Partido del Congreso Nacional), al no conseguir ningún consentimiento de los ingleses, se impacientaban y proponían sublevarse en guerra abierta: deseaban expulsar a los ingleses de su país de forma violenta aunque causara miles de muertes.

Gandhi, con paciencia y sabiduría, insistió en su tesis y praxis de la no violencia. Con firme decisión, retó al virrey de la India advirtiéndole que, de no aceptar sus peticiones, es decir, si no otorgaba un acta de autonomía para la India ni derogaba la prohibición de producir sal para cualquier ciudadano, su próxima campaña de desobediencia civil sería el ejercicio del derecho natural de los hindúes a extraer sal.

La marcha de esta alma grande, y de sus pocos seguidores en un inicio, partió desde la provincia de Ahmedabad, cuya capital es Nueva Delhi; atravesó lo que hoy día es el estado hindú occidental de Gujarat; y finalmente se dirigió hasta la ciudad de Dandi, cerca de Surat, en la costa del mar árabe. Para cuando llegó a estas playas, eran miles los seguidores que le acompañaban.

Gandhi, Alma Grande, abandonó su áshram (retiro religioso) en estado de Sabarmati (tolerancia) y partió a pie ese día miércoles de marzo, escoltado por menos de cincuenta acompañantes. Durante la marcha de cada día, aproximadamente de unos 15 kilómetros, el grupo se detenía, a lo largo de la ruta, en diferentes pueblos y lugares donde multitudes cada vez más grandes se reunían para escuchar a Gandhi. Muchos de ellos se le unían en la marcha, dejando atrás otras obligaciones y tareas: así ayudaron a denunciar la injusticia del impuesto a los pobres.

Ghandi emprende la marcha de la sal.

El 5 de abril, Gandhi y sus seguidores llegaron al mar de Dandi después de un viaje de 240 millas.

En la mañana del 6 de abril, Gandhi se inclinó en las orillas del mar y, portando un viejo cuenco, recogió el lodo y el agua. Sus seguidores hicieron lo mismo y tomaron puñados de sal a lo largo de la costa. Movieron los cuencos y los dejaron al sol: en un ademán por demás simbólico y significativo, «produjeron» sal; violaron la ley y dejaron un mensaje al mundo, al tiempo y a Jeremías Pechoabierto.

Gandhi avanzó dentro del agua. Se inclinó, empuñó un poco de sal y exclamó:

—Con este puñado de sal, yo resisto al Imperio Británico —besó su mano cerrada, probó la sal y añadió—: Únanse a mí en esta lucha: el derecho contra la fuerza.

Los miles de seguidores lloraban de emoción y rodearon al Mahatma, vítores emocionados se escucharon por doquier.

No hubo arrestos esos días y Gandhi continuó el satyagraha (método de desobediencia civil no violenta) durante los próximos dos meses, demandando a otros hindúes a incumplir las leyes de la sal y a cometer actos de desobediencia civil. En las siguientes semanas de abril, miles de hindúes desobedientes fueron arrestados y encarcelados, pero ellos nunca se rindieron. Días más tarde, en abril, fue detenido su discípulo Jawaharlal Nehru (nacionalista y político hindú, más tarde primer ministro) y, a principios de mayo, Gandhi fue tomado preso. La noticia de su arresto y detención estimuló a decenas de miles más a unirse a la satyagraha.

Más adelante, en las playas de toda la India, las multitudes de pobres, sufrientes, miles de simpatizantes, imitaron a Gandhi, a quien bautizaron y llamaron amorosamente con el sobrenombre de Bāpu y acopiaron agua salada en vasijas. Su acción fue seguida por todo el país: los hindúes evaporaron el agua y produjeron sal a cielo abierto y sin temor, desafiando y humillando al poder británico.

Los protestantes, fieles a las instrucciones de Gandhi, no atacaban a la policía, tampoco se resistían a los arrestos. Los británicos llenaron las cárceles con cerca de 70 000 «ladrones de sal». El mismo Mahatma fue encarcelado y estuvo más de ocho meses en prisión.

Miles de seguidores toman la sal.

Parte VI

BREVE PREÁMBULO DE UN CAMINANTE LIBERTARIO (contado por WhatsApp)

Paquish: ¡Quedan pocos días de cuarentena!

Se decía Jeremías y lo expresaba por WhatsApp a sus amigos de la 10ª promoción del colegio Cristo Rey maristas de Cajamarca.

> **Paquish:** *Esta cuarentena es insoportable. No aguanto ni un solo día más.*
> **Paquish:** *Yo el próximo lunes salgo sí o sí.*
> **Paquish:** *Nadie ni nada me lo impedirán.*
> **Paquish:** *Si hay prohibición, saldré como lo hizo el Mahatma Gandhi a recoger la sal.*
> **Paquish:** *¡Los que quieran, que me sigan! Seremos miles tras mis pasos quedos y mi bastón.*

Nadie contestó, ni su Rafito León, quien siempre lo apoyaba en cualquier opinión por más absurda que fuera. Tampoco el Gran Inka hizo su acostumbrada sorna. Parecía que cayó desmayado de impresión. Era probable que algo en el fondo de su alma también reclamaba libertad, pero no se atrevía a expresarlo.

Paquish: *Saldré con mi paso cadencioso apoyado en un bastón. Tendré miles de seguidores que buscan libertad.*

Paquish: *¡Libertad!*

Silencio.

—Sabiamente, mi padre me bautizó como Jeremías —decía para sí mismo—. Jeremías es un nombre bíblico, masculino, que proviene de la lengua hebrea y se escribe *Yirmiyahu* que significa *Jehová ha inspirado.*

Se repetía, casi convenciéndose a sí mismo.

Paquish: *Espero me acompañen, valientes maristas libertarios.*

Insistió Jeremías, tratando de mover lo más recóndito de las almas de sus fieles compañeros. Hubo más silencio.

Solo la voz de Gilmer se alzó, desde Venezuela, oprimida, triste, nunca sola.

Gilmer: *Yo voy contigo, Paquish.*

Escribió con su valentía y generosidad acostumbrada. Tal vez un poco cohibido al notar la ausencia de otras opiniones.

Paquish: *Perfecto. Eso necesito: seguidores en el mundo entero. Mi grito libertario resonante cruzará fronteras.*

Paquish: *¡Pasaré a la historia entonces!*

Paquish: *Si mi apellido es Pechoabierto, es por un presagio. Una muestra de mi destino.*

Paquish: *Mi pecho descubierto como el de Gandhi.*

Paquish: *Este símbolo de humildad y pobreza es el reflejo de un alma que se trasporta a otra en los siglos, los destinos y la luz.*

Así se dijo, convencido de su predicamento y predestinación. Continuaban interminables los mensajes de WhatsApp, llenos de ilusión de un lado y de incredulidad por el otro. Jeremías estaba convencido no solo de su destino y doctrina, sino también de que los sentimientos maristas de sus compañeros podrían más que sus temores. La hermosa bandera marista, ese manantial cristalino de paz y la luz. Era imposible de fallar.

Paquish: *Seguidme, pueblo ingrato. No sucumbáis al poder de la bota y el cuchillo. Los bríos de su rebeldía, contemplando la fortaleza y determinación de su nuevo líder que romperá las cadenas, os promete que a la libertad os llevará.*
Paquish: *Libertad amigos. ¡Libertad!*
Paquish: *¡Hombres de poca fe!*

Continuó arengando a sus entrañables amigos. La mitad de ellos estaban en Cajamarca, contemplativos, absortos, en conflicto existencial: la bota o la amistad.

Paquish: Esto es libertad: ser auténticos, tener opciones, respirar profundo, bailar sin compás, beber ilusiones y cantar en coro.

Una segunda voz se levantó:

Gran Inka: VIVA PECHOABIERTO.

Gran Inka: Espiritualmente estaré contigo en la marcha. Ya estoy por la Universidad de la Molina.

Luis Fernando, Nando, alias Gran Inka, había aparecido con espíritu indomable, trascendente, hereditario.

Paquish: Espérame sentadito. Al pasar seguido por una muchedumbre, levántate y síguenos también.

Paquish: Odio el autoritarismo. Detesto que me obliguen a ponerme la chompa cuando el ministro del interior tiene frío.

Paquish traslucía energía y juventud.

Paquish: Estoy listo para liderar a las juventudes Maristas hacia la libertad.

Sin embargo; todavía había temores, prejuicios y presión por parte de las esposas.

Batuta: Paquish, posterga tu salida.

Batuta: Te comento para que tomes precauciones.

Batuta: Acabo de pasar por la comisaría de la Molina y están preparando un piquete de policías de asalto porque han recibido un soplo de que hay un loco que está incitando a un grupo a salir a la calle para romper la cuarentena.

Javier, Javicho, alias Batuta, estaba acostumbrado a sopesar, evaluar y tomar decisiones racionales.

Sancho: Paquish, ¡¿qué pretendes hacer?!

El Gran Inka, Luis Fernando Terrones Silva, caricatura
por Jorge Arribasplata Campos.

Sancho: Te vas a exponer a mil peligros. El coronavirus y la ley te impiden hacer lo que pretendes hacer.

Sancho: El pueblo está sufriendo, es cierto, pero no puedes hacer esto. Vas a violar la constitución.

Sancho había escrito los mensajes, pero borró el último después que Paquish lograse leerlo.

Paquish: Siempre he sido disruptivo y libertario.

Paquish: No me pongo en los zapatos de los que sufren: sufro con ellos.

Respondió enfático, breve, contundente, para que todos leyesen.

Cocoa: Calma, Sancho.

Esta frase fue una indicación para Jeremías, una señal.

Paquish: Quiero romper las cadenas del pueblo que sufre.

Coco Arribasplata, quien con su gran ingenio y experta apreciación para distinguir lo bueno de lo malo, aún tenía dudas.

Esa noche, Jeremías se sumió en pensamientos, verdades y asuntos relativos.

Soñó, meditó, idealizó.

Algunas frases leídas, ajenas, pensadas, hurgaron en el fondo de su ser, donde no se encontraba ni su alma, sino en ese recóndito huequito donde habitaba el gusanillo:

«La libertad es indefinible; no es un concepto sino una experiencia».

«La libertad es historia. La historia se manifiesta en la libertad».

«La libertad prima sobre la autoridad y el poder».

«La libertad está en las letras, el amor, en la vida y en la muerte».

En sueños leyó a Borges y recordó Polloc:

Recuerdo mío del jardín de casa:
vida benigna de las plantas,
vida cortés de misteriosa
y lisonjeada por los hombres.

Palmera la más alta de aquel cielo
y conventillo de gorriones;
parra firmamental de uva negra,
los días del verano dormían a tu sombra.
Molino colorado:
remota rueda laboriosa en el viento,
honor de nuestra casa, porque a las otras
iba el río bajo la campanita del aguatero.

Sótano circular de la base
que hacías vertiginoso el jardín,
daba miedo entrever por una hendija
tu calabozo de agua sutil.

Jardín, frente a la verja cumplieron
sus caminos los sufridos carreros
y el charro carnaval aturdió
con insolentes murgas.

El almacén, padrino del malevo,
dominaba la esquina;
pero tenías cañaverales para hacer lanzas
y gorriones para la oración.
El sueño de tus árboles y el mío
todavía en la noche se confunden
y la devastación de la urraca
dejó un antiguo miedo en mi sangre.

Al día siguiente por la mañana, muy temprano, escribió:

Paquish: No menosprecies a los santos y a los líderes del pueblo Cocoa. No todos los líderes actuamos igual aunque el fin supremo siempre es el mismo: la felicidad de los pueblos.

Ni bien escribió lo anterior, los pensamientos volvieron a dominar su ser: un frenético aluvión de ideas y refuerzos psicológicos lo abrumaban sin tormento; lo atolondraban, pero a su vez lo reconfortaban en señal de aprobación. Un círculo de serenidad y convencimiento alborotó su mente. Estaba decidido.

—No hay vuelta atrás —se dijo, haciendo un movimiento con la cabeza y hombros que denotaba seguridad.

La serenidad, en su aspecto físico, solo era una demostración de su seguridad intelectual. Más que nuevos y renovados pensamientos administraban su consciencia y estaban listos a dominar sus actos.

Algunos de estos pensamientos fueron los siguientes:

«Todo intelectual debe mantener independencia frente al príncipe, frente a quienes ostentan el poder. Esto es, para mí, un mandato imperativo.

»No hay libertad sin crítica; no hay crítica sin libertad.

»El principio de la libertad está ligado con el principio de la verdad. Yo no soy libre de actuar si me guío por una mentira.

»Todo el mundo quiere huir de la libertad, aterrorizados por los tiranos que hablan de libertad mientras la violan.

»La libertad es bella. La libertad es estética y no solo ética.

»Nadie nos va decir cómo cuidarnos. Nadie nos va a tratar como ignorantes que no sabemos que es lo que más nos conviene».

Sentenció Jeremías y salió en caminata.

Parte VII

EL CAMINANTE LIBERTARIO
(relatos tomados del grupo Prom. 69 en WhatsApp)

Gilmer: A nuestro libertario, Paquish, que recorre sabanas en este nuevo mundo, con su Dulcinea en mente: no te vaya a pasar lo que le pasó a Rodrigo de Triana cuando Colón lo mandó al mástil.

Este mensaje confundió a Jeremías, pues si su intención fue la advertencia al final de la frase, los primeros párrafos solo consiguieron motivarlo a seguir con la aventura.

Gilmer: Como no había dormido bien en su vigilia empezó a gritar: «¡TIERRA, TIERRA!». Y Colón, emocionado, creyendo que había llegado a las Indias, le gritó: «¿DÓNDE, DÓNDE?». Y Rodrigo respondió: «¡AQUÍ EN MIS OJOS!».

Gilmer: El resto es historia.

Remató Gilmer en infructuosa broma.

Jeremías leyó con atención estos mensajes y un único pensamiento se le vino a la mente: «Frente a diversas alternativas que se presentan en el discurrir de la trayectoria humana, el hombre tiene la facultad de actuar según la decisión que haya tomado».

No solo ya había tomado una decisión: ya estaba en marcha.

Paquish: Gilmerín, tus historias me dan más ánimo en mi grandiosa epopeya.

Paquish: Lo malo de esas carabelas es que no podré verlas.

Paquish: Estoy camino a las salinas, a pie y fatigoso. Ya estoy por la avenida Túpac Amaru. Todo bien, un poco cansado. No tengo sed, traje varias botellas de agua. Lo malo es que voy solo, todavía nadie me sigue. Caminaré a hasta las 12 p. m, dormiré unas tres o cuatro horas y luego ¡continuaré la caminata!

Al día siguiente, no muy temprano:

Paquish: Buenos días, amigos. Dormí más de lo pensado. Sigo a las afueras de la ciudad de Lima, por Puente de Piedra. No puedo escribir mucho porque me queda poca batería en el celular. Todo bien. Voy a tomar un frugal desayuno en el grifo más cercano. No tengo ninguno a la vista.

Minutos más tarde:

Paquish: Estoy muy extrañado pues sigo solo. Es increíble, pero nadie me sigue todavía. Dormí bajo el puente Chillón sin inconvenientes, salvo un perro que trató de quitarme el espacio pero lo asusté con mi bastón. No sentí frío gracias a mi gran fortaleza física.

Toño: Dos cosas me han impactado, Paquish: el que estés extrañado porque nadie te sigue y que no hayas sentido frío gracias a tu gran fortaleza física.

Paquish: ¿Qué te parece, Toñito? Lo primero es inaudito, lo segundo era de esperarse.

Gilmer: Ninguno de nosotros tiene el lujo de elegir nuestros desafíos. El destino y la historia nos los proporcionan.

Gilmer: ¡Vamos, Paquish, tú puedes!

Paquish: Los dejo ahora porque veo un grupo grande de personas que se me acerca. Tienen un dejo piurano al hablar. Seguro vienen a unirse a esta encomiable hazaña. Estoy ilusionado al tener los primeros indicios de mi gran convocatoria.

Paquish: Han venido desde Piura. Mi mensaje no solo está calando en mi círculo de amigos. Siento que mis acciones, mi marcha, tendrán una trascendencia nacional. Tal vez hasta universal.

Gran Inka: Libertador, le pido envíe una comisión a recibirlos. No trate de acercarse a la primera.

Gilmer: Mándeles a verificar si tienen o no el coronavirus.

Gran Inka: Con seguridad se han enterado que está usted en camino y que les puede proporcionar campamentos para su confinamiento y mejoría. Lo grave sería que se nos quede allí usted un tiempo.

Paquish: Gracias, Gran Inka, por tu aliento. Grandes promesas nos esperan. El grito sagrado de la libertad de los pueblos es nuestro blasón.

Un nuevo pensamiento llenó de paz a Jeremías: «La libertad aristotélica reconoce en las personas la capacidad para decidir libremente y de manera racional».

Paquish: Resulta que son caminantes. Es seguro que han escuchado sobre mi espectacular periplo y vienen a apoyar mi causa.

Dos horas después:

Paquish: Queridos amigos, estoy muy pero muy contento. Cerca de mil personas, piuranos ellos, vienen conmigo entusiasmados. Los siento como un millardo en mi corazón pues, en cada paso, los sonidos de sus pasos son millardos que alegran mi espíritu y fortalecen mi esfuerzo.

Paquish: Delante de mí van los más jóvenes. De rato en rato voltean sus rostros y me miran. A mis costados veo niños, señoras de mediana edad. Todos van en zapatillas, yo con mis botines que, a sugerencia de Chicho Otoya, compré para mi viaje a Kuelap el año pasado.

Paquish: Me siento un millonario por mis botines. Mi cuerpo desnudo luce mejor que las poleras y camisas raídas de mis acompañantes.

Paquish: Es increíble lo que hacen las ansias de libertad. Imborrable en mi mente lo que puede hacer mi vasta comprensión de las masas.

Jeremías convocó, según él, a su amigo el viento e iba caminando alegre, en ritmo cimbreante, acompasado.

Paquish: Luzco hermoso. Los niños me miran absortos. No sé por qué, cuando los trato de acariciar en la cabeza, corren con los ojos desorbitados.

Paquish: Tras mío van dos damas hermosas. Frisan los 60 abriles. Una de ellas ha perdido dos dientes incisivos pero su dulce mirada resulta tentadora. Gracias a Dios que mis principios maristas detienen mis ímpetus.

En las primeras horas de esa misma noche:

Paquish: Doy gracias a Dios por tan magnifico día. Sigo caminando sin descanso, orgulloso de mi humildad.

Toño: Duerme, caminante, duerme. Mañana tienes una jornada muy dura.

Dos horas más tarde:

Paquish: No puedo dormir. Estoy solo en medio del desierto. He tenido un sueño un poco raro: vi que todos éramos niños y estábamos en el colegio. El cura tomaba lista y decía: «Andaback Arribasplata Mario»; y la voz de un niño contestaba: «Canario, cuñao». Luego el cura decía: «Arribasplata Campos Jorge»; y la voz a de algún niño decía: «Niño Cuasimodo». Luego decía: «Caballero Vargas Abel Antonio»; y el niño: «¡Pericles!». Luego agregaba: «¡Capitán general!».

Paquish: Y como si el sueño se repitiera, el cura que llamaba: «Alcántara Vergara Juan»; y el niño decía: «loquito lindo». Como si el ánimo y las voces de los niños se hubieran dulcificado, ahora sus tonos eran cada vez más cariñosos. «Amorós Terrones Rafael», y algún niño dale con el «Pichito querido, chinito precioso».

Paquish: Luego, como que el sueño cambió: los niños gritaban primero y el cura contestaba después. Fue algo mágico, precioso. Un niño gritó: «Avioncito»; y el cura dijo: «Bernal Noriega Manuel Fernando». Otro niño explotó entusiasmado: «Patato»; y otro niño: «Gansito»; y otro: «Mono tablita»; y así los niños y el cura, casi interminablemente, repitiendo cada vez desde el principio, continuaron y continuaron. Y yo lloraba y ustedes reían, luego ustedes lloraban y yo reía. Así maravilloso. Como un cuento de hadas, como una calandria encerrada en una jaula, como diez perritos cantando. Ya ustedes se pueden imaginar. Todo fue prodigioso.

El «cura», José Luis González Martín, caricatura por Jorge Arribasplata Campos.

Paquish: Los niños continuaron, esta vez apagando sus voces. Luego los niños dijeron: «Arañita, bolsa, pulpo, buche, marraqueta, lechuza, shevo, do palazo, chicamero, cholasho, pichina, chato, borolas, encapuchao»; y luego el cura cantaba el nombre completo de cada uno. «Chivo, monte, negrito, bambino, batuta, huasito, chocha, pluto, pichuzo, inca, vizcacha, cochecito, tapita, gasparín pan crudo, chucho...», así seguían. De pronto, un niño al fondo del gran salón espetó con un alarido, mitad arenga, mitad agonía: «¡Cabezón miflin!». Los niños respondieron en coro: «¡Presente!». Y se hizo un gran silencio. El cura, en tono armonioso, casi cantando o tal vez entonando una prosa mientras leía, dijo: «Roncal Vargas Carlos Eduardo».

Paquish: Y una voz misteriosa, con golpes de eco, ronca, yo diría que sagrada, se escuchó; pero no en los oídos: se oyó en el pecho, en los pechos, en los estómagos de los niños. No sé si me entienden. Parecía que venía desde afuera, pero nacía adentro. Esa voz dijo algo así, ustedes saben: es un sueño, no es posible reproducirlo. Fue algo sencillo, muy liviano, tristemente alegre, dijo así:

Paquish: Carlos Eduardo Roncal Vargas, presente, nunca ausente. En este viaje estás vigente, amado Carlitos, como lo estuviste en nuestras vidas. Jamás estarás lejos de estas almas, de estos caminantes. Carlitos, mi dulce Carlitos, el olor de tus romeros al ojal, de tus años juveniles, se huelen, se sienten todavía. Aquí estamos, dulce Carlitos, tus amigos de siempre.

Paquish: Y así, los niños en coro, en, digamos, una sinfonía repitieron: «¡Tonguito, Tonguito!», en forma interminable, cadente, dulce. Mañana les cuento bien. Hasta mañana.

Carlos Roncal Vargas (Tonguito), integrante de la Xma. Promoción D. E. P.

Al día siguiente:

Paquish: Estoy en lo alto de Pasamayo. Tengo la moral intacta. He comprendido que la vida es un juego que hay que saber jugar: no es un juego de naipes ni de azar, es un juego de mentes lúcidas. Es decir, un juego muy apropiado para mí. En este momento que cruzo las alturas, con la vista del océano por la izquierda y los cerros de arena por la derecha, es cuando más agradezco a Dios la fortaleza y entereza que me dio. Tengo el cuerpo relajado y en pleno trabajo muscular. Mi mente está enfocada en un solo objetivo: arribar a tierra santa, a las salinas, demostrando el poder de la libertad. Tengo el espíritu conectado a Dios, mi creador, mi padre, mi confidente, mi a veces olvidado u odiado Todopoderoso. Él se preocupa por los humanos lo que un capitán al ver hundirse el barco. Se preocupa de las ratas que están en las bodegas, decía Voltaire. Yo digo que, en estos momentos, siento la caricia de Dios en mi rostro.

Paquish: Dejando de lado el placer profundo de pensar, prefiero ir al cuento, a la narración de lo que acontece en mi ya famosa peripecia: el día está bello, el sol quema la piel, las aves abundan, mi estómago relincha por el hambre, pero voy con pasos quedos; sin prisa, pero sin pausa; paso a paso en busca de honores y libertad.

Paquish: Los caminantes piuranos me han dejado atrás, pero dos individuos que cubren sus cabezas, no con sombreros ni gorras, sino con sus camisetas, con el torso desnudo, los brazos llenos de cicatrices y fumando cigarrillos negros sin filtro, se me acercan a paso apresurado. Voy a correr un poco. ¡Luego les cuentooooo!

Paquish: Amigos, los dos individuos que venían tras de mí huyeron cuando, en posición de karate, los enfrenté. Salieron corriendo y gritando: «¡Los ukukos, señor, los ukukos!». Al poco rato, vi varias personas vestidas con ropa de tocuyo, evidentemente serrano, con yanques de jebe, medias blancas cubriéndoles los pies, un quipe sobre la espalda, las caras cubiertas con mascarillas negras y también blancos cucuruchos de tejido ovino, y largos y pesados látigos que hacían resonar, dando golpes al viento. Eran más de diez dando de latigazos a los viandantes y pobladores que, buscando comida o esparcimiento, salían de sus pequeñas casas que rodeaban el camino panamericano que recorro.

Paquish: Mi corazón latía apresurado. No de miedo, ni temor, ni ansias, sino de indignación. Eso confirmaba mis principios, los ideales de mi caminata: el fin del abuso, la prepotencia y la imbecilidad.

Paquish: «¡Viva la libertad!», grité, «¡viva la libertad!». Y me enfrenté a los ukukos. Mi vara zumbó por los aires e hirió la nariz de uno de ellos. Su sangre era espesa, roja, diferente a la mía, liviana y azulada. Esto me confirma que eran seres inferiores. Con esperado ímpetu, los agarré a varazos. Sus látigos laceraron mi espalda, pero herí al segundo y al tercero: sangraron de las narices, las orejas y espalda. De pronto, sentí un golpe seco en la cabeza. Giré con violenta rapidez y, con una patada voladora, desmayé a un cuarto contrincante. Dos puñetes tipo gancho y un cruzado de izquierda sometieron a los restantes. Me pidieron auxilio: «No más, patroncito, no más», «disculpe, su merced». Como soy un hombre compasivo, solo terminé dándoles cuarenta varazos a cada uno, los amarré con sus propios cinturones de a dos, espalda contra espalda, les rompí el tabique a todos y, para que no me siguieran, solo le rompí un tobillo a cada uno. Con mucha pena, me fui afligido y reanimado. Sin embargo, la espalda me sangra por los latigazos que también he recibido, ahora me dispongo a caminar hasta un arroyo a limpiar mis heridas.

Toño: Recapacito y me digo: «Siempre habrá alguien ocupando el lugar dejado por otros». La policía no debe estar muy presente o activa, por ende, habemus ukukos. Gracias. Se aprende siempre.

Los ukukos salen a dar de latigazos a quienes incumplen la cuarentena.

Dos días después:

Paquish: Devastador ataque de los ukukos. Sigo malherido. Amanecí ilusionado pues, como el libertador don José de San Martín, el santo de la espada, desperté en Paracas, como él: él veía las aves rojiblancas, yo aves color negro que rondaban mi cuerpo malherido.

Al cabo de otro día:

Paquish: Unos tiernos auxilios me ayudaron a incorporar mi sobresaliente cuerpo. Fue la bella dama desdentada que, con suaves manos, untó mis heridas con mágica poción.

Paquish: Estoy recuperándome de las heridas. Escuché a mi flaquito, Flaquesho Bernal, cantando en francés algo así.

Paquish: Los ungüentos mágicos en mi espalda aliviaron el dolor. Las gotas de almíbar en mi boca me recuerdan las noches en casa con mamá. Esta dama compasiva recogió mi lastimado cuerpo y, a punta de cremas y miel de caña, sanó mis heridas.

Paquish: Ya estoy a pocos metros de la ciudad de Chancay. Sé que este viaje llegará a los más lejanos confines de la tierra, por eso preciso mi ubicación. Mis seguidores en el mundo entero deben conocer mi hazaña en busca de la libertad.

Horas después:

Paquish: Camino ya hacia la pequeña ciudad de Chancay. Mis pasos firmes y mi frente altiva caracterizan siempre mi andar. Me miro reflejado en un arroyo y mi propia belleza me cautiva. Me anima a proseguir en la conquista de los espíritus incrédulos, de las almas sojuzgadas por la tiranía de la cuarentena y las mentes de quienes todavía dudan o tienen la esperanza de ser felices.

Paquish: A lo lejos, vi a un niño con un cartel que publicitaba un espectáculo. El cartel dice: «Esta noche gran función». Avanzó apresurado y desapareció en una callejuela. Lo perseguí y lo vi entrar a un coliseo, casi como a escondidas. Presumí que habría un espectáculo o una presentación clandestina, una pelea de perros tal vez, o una insignificante misa negra. Un cartel en el portón del pequeño coliseo anunciaba: «Hoy gran presentación solo para chiflados o trashumantes». Bueno, reflexioné, «trashumante no soy, mucho menos un chiflado. No me dejarán entrar». Sin embargo, para mi mayor sorpresa, un elegante caballero pelirrojo me hizo una reverencia y, con un ademán de saludo, cual paje a un apuesto rey, me indicó que el paso estaba abierto para mí. El rostro de este hombre se me hacía conocido; me parecía ver a Harry Haller, pero debía ser solo una ilusión. Así y todo, me quedó muy claro que es alguien que no podía adecuarse a sus circunstancias existenciales.

Paquish: Ese no era un coliseo cualquiera. Tenía la apariencia de una arena para peleas de gallos, pero una mirada más atenta me indicó que el lugar tenía otros fines. Una voz ronca de mal presagio anunció: «Damas y caballeros, señoritos, gente culta del universo, buenas noches: el espectáculo está por comenzar. En esta esquina, el defensor del pueblo. En esta otra, el contralor general. Y, ¡zas!, aparecieron dos gordiflones que empezaron a discutir. Como en un circo de mil pistas, se anunciaron debates, peleas, polémicas, discusiones, foros y cien cuestiones más, algunas incomprensibles, otras sin mayor importancia, pero todas animadas. Me concentré en una pista: «En esta esquina, Aldo Mariátegui, quien defiende el libre mercado; en la otra, Francisco Rodríguez Buezo de Manzanedo, quien lo odia», dijo la ronca y animada voz. Vi otra pista: «En esta esquina, quien defiende la mano invisible; en esta otra, Carlos Marx quien la odia», dijo el anunciante. Luego otra pista: «En este rincón, quien opina que la cocina peruana es la mejor del mundo; en este otro, quien opina que es indigesta», se anunció. La cosa se puso muy interesante.

Paquish: A todo esto, vi a pocos metros a mi gran amigo Roger Pajares, quien me miró con un solo ojo, pues tenía el otro atento en la polémica entre un practicante del erotismo contra un cura ortodoxo. «Es indudable que Roger es uno de mis libertarios seguidores y está acá siguiendo mis pasos», me dije. «Seguro que Paquito Rodríguez Buezo de Manzanedo también está acá tras mi santa marcha por la sal. Seguro que sí, pero está aprovechando para arrojarse a una corta polémica», agregué para mis adentros.

Paquish: Me sentí exaltado. Lo que llamó más mi atención fue ver el ardor de los polemistas. Era mejor llamarlos discutidores, controversistas o porfiadores: los ojos rojos de pasión, algunos babeaban al defender sus ideas. Mi entusiasmo casi se desbordó cuando se lanzaron al ruedo los defensores de Sócrates contra los de Nicolás Maquiavelo: me precipité hacia la pista 13 y defendí la libertad de decisiones en una polémica contra un general cuyo nombre no escuché bien, pero tenía nombre de pescado; algo así como Bonito Musscolini. No sé, pero era italiano. Mi tremenda defensa de los derechos libertarios encendió la ira del general, quien enfureció y trató de agredirme físicamente. Se armó ahí la de padre y señor mío. Roger Pajares saltó al ruedo, sacudiendo su chompa roja cual chicote y, de un solo puñetazo, desmayó al general. Cinco esbirros uniformados rodearon a mi amigo. Muchos libertarios salieron en nuestra defensa, pero eran mucho más los oponentes. Volaron las sillas. Los marxistas se pelearon con los cocineros, los derechistas contra los curas, las meseras agarraron a escobazos a los defensores de las administradoras privadas de fondos de pensiones, los norteños llenos de rencor escupían a los del sur. Roger y yo, juntos, parecíamos dinamita: Roger era un Bud Spencer y yo un Terence Hill. Para qué les cuento. Fue una trifulca irrepetible. Destruyó todo.

Paquish: Yo salí intacto: mis artes pugilísticas me ayudaron mucho. Roger salió digamos que bien: con los dos puños ensangrentados de tanto golpe, la nariz chueca de un cabezazo, pero con una sonrisa de oreja a oreja. Esta había sido la mayor epopeya de su vida, su primera bronca con sentido universal. Al salir, vimos al polémico Paquito Rodríguez Buezo de Manzanedo camino a la iglesia, muy campante y sin rasguño.

Al día siguiente:

Paquish: Queridos amigos, ya descansado de las aventuras de ayer, hemos concurrido a tomar desayuno al restaurante del grifo de Chancay. Para suerte nuestra, pues no tenemos un cobre en el bolsillo, la ventana del lugar indica que se aceptan tarjetas de crédito. A punto de ingresar, un silbido de tono familiar me llamó la atención y vi a mi primo Paquito acercarse con mucha calma y candor. «Primo», me dijo, «estoy aquí también siguiendo sus arengas libertarias». Paquito abrió las dos piernas para pararse más seguro, se ajustó el cinturón y me pronunció, mejor dicho, nos declamó a Roger, a mí y al mundo entero, un discurso memorable, sobresaliente: «Primo querido», dijo Paquito, «la libertad para mí es el bien más preciado, los individuos sin libertad nada somos, el creador nos dio la libertad y el libre albedrío para ser lo que somos. Somos seres humanos», enfatizó en una soberbia prosa. Y así, Paquito, inflamado de pasión, en tono poético y voz calmada, escribió con frases de oro el poema más bello jamás escrito, una oda a la libertad. Roger, hombre de cuerpo duro y alma muy sensible, se puso a llorar desconsoladamente. En mi caso, vibró por varios minutos mi corazón acelerado, dejando a mi marcapasos sin compás.

Paquish: Entrados ya al restaurante, una bella señorita se nos acercó y nos dijo: «Señores, soy la hija del dueño de este restaurante. He escuchado con atención su plática y el magnífico discurso del caballero de mirada cautivadora. Quiero unirme a su causa», dijo con voz suave y decidida. Roger, quien no había probado bocado en muchas horas, le dijo: «Si es así, empecemos por tomar el desayuno». Y me guiñó el ojo, el que no tenía moretones. ¡Todos nos moríamos de hambre! Yo pedí un bistec encebollado bien jugoso, Roger un sándwich de chicharrón y Paquito un tacu-tacu recalentado con bistec apanado. Estos estupendos platillos con sendos cafés nos permitieron tener una plática hermosa.

Acordamos ir por caminos separados hacia las Salinas de Huacho para no ser detenidos por la cachaquería o la tombería. Sin embargo, Paquito nos pidió ir a visitar al dueño del coliseo, un viejo amigo de su juventud, para ayudarlo a recomponer el local y, principalmente, para despedirse de su bella hija. Esto último desilusionó a nuestra anfitriona quien, en rápida reacción, tomó a Roger de una mano y se la puso en la rodilla izquierda. Se la puso solo en la articulación, no más arriba hacia el muslo. Esto me hizo presumir que sus intenciones eran casaderas y no solo pasajeras.

Paquish: Nunca me he sentido tan cansado como ayer por la noche. Con tanta discusión y tanto golpe, sentí que iba a morir. Solo mis propósitos más sublimes me permitieron reponerme. Siento que viví solo para morir.

Paquito: No sea pesimista, primo querido. La vida es una sola.

Roger: Qué raro. Yo lo viví como si nunca fuera a morir.

Paquish: Llegando al portón del coliseo, vimos todo casi repuesto, impecable: esa noche habría función nuevamente. «Nunca se detiene el coliseo, como nunca se detiene la polémica, la pelea y la discusión en nuestra tierra», nos dijo el propietario, «así es nuestra patria», agregó. Una silueta cansada se aproximó por la vereda parcheada de tierra y poco cemento, levantando los dos brazos y, con animosa voz, nos gritó: «Estoy acá, amigos queridos.

Jamás faltaría a mi compromiso. ¡Viva la libertad!». Quien se acercó fue nuestro buen amigo, entrañable compañero de promoción, Gilmer Vizconde, quien se había venido antes desde Venezuela. «Acá estoy como he prometido. Acá estoy», enfatizó Gilmer. «Me voy a las salinas con ustedes. Viva la libertad», y casi cayó desmayado de la emoción. Se escuchó un alma llanera en un coro de mil voces, bello, hermoso, bajo la dirección de Gustavo Dudamel.

Paquish: Ya al atardecer, Roger y yo salimos del coliseo. No vimos a Gilmer. Se quedó entretenido, muy atento e intrigado por saber el resultado de una discusión que venía de años y sobre la cual él se consideraba un experto: los arrieros arábicos polemizaban con los pastores australianos sobre cuál animal era más importante. De Paquito no teníamos noticias desde hacía varias horas. La última vez que lo vimos, conversaba muy gesticuloso con el propietario del coliseo y su familia. A todos se les vio muy entretenidos.

Al día siguiente:

Paquish: Muy temprano por la mañana, fuimos todos a la casa del propietario como gente educada a despedirnos: debíamos proseguir con la marcha de la sal. Mis intenciones eran las de un caballero educado; las de Roger, las de un buen desayuno gratis; las de Gilmer y Paquito se me revelaron más adelante.

Paquish: Nos despedimos del propietario del coliseo con un pequeño golpe de codo en mis costillas, en forma sigilosa y entusiasta. Paquito me pidió que preguntásemos por la hija del propietario. No fue necesario hacer la pregunta pues se abrió la pequeña puerta colindante y la muchacha apareció sonriente, para dicha de Paquito. Gilmer nos pidió quedarse una noche más, pues viendo el listado de polémicas, es decir el programa vespertino del coliseo, nos dijo que quería participar en una de ellas. Nos despedimos sin problemas. Cada uno iría por su lado, pero todos nos encontraríamos a las afueras de las Salinas de Huacho y, por supuesto, todos recogeríamos la sal.

Paquish: Vi a Paquito irse con la bella señorita hacia la parte posterior de la casa. Ella llevaba un libro de poemas y él una nerviosa sonrisa. Paquito, de espaldas, hizo relucir su cabeza con poco pelo y se fue cantando: «La vida te da sorpresas, sorpresas te da la vida...». Roger, no sin antes despedirse y ¿rechazar? a su nueva conquista, me dio un abrazo y, casi como marchando, sacó de su bolsillo un bolero y se apresuró a jugar con él antes de emprender la marcha. Gilmer, que ya estaba de vuelta, se despidió y, entre sollozos, me dijo: «Nos vemos en las salinas». Yo le pregunté: «¿En qué polémica vas a participar? ¿Es tan importante como para quedarte una noche más?». «Sí», me dijo, «es muy importante: voy a polemizar frente a un individuo que dice que el camello es mejor animal que el dromedario». Gilmer, con seguridad, opinaba lo contrario.

Al mediodía siguiente, por conversación interna:

Paquito: Paquish... te cuento a ti, por favor no les cuentes a los muchachos, pero fue una tarde muy interesante en el coliseo después que fui a la parte de atrás. Me llevó la dama a una habitación, como una oficina. Había un sofá muy cómodo y me dijo: «Siéntate». Así lo hice y trajo una Inca Kola, pero estaba muy dulce. Tomé un poco. Ella se sentó a mi lado y me puse un poco nervioso. Muy tímidamente cogí su mano. Era un poco grande. Ella se acercó y me sorprendió su embestida: se me había echado encima, tirándome. Mi cabeza se golpeó contra el brazo del sofá. Tuve que resistir las embestidas esa tarde-noche. La dama tenía un fuerte olor a retama. La piel era suave y lisa, sobre todo de la cintura para abajo, pues arriba era gordita, tenía rollitos. Aun así, tuve que dejar mi timidez pues la suerte estaba echada. Quería solamente descansar y, al amanecer, busqué al primo Paquish pero no lo encontré. La dama ya no estaba y me sentía muy solo.

Días y horas antes:

Roger: Son las 7:00 a. m. Unos golpes en la puerta me despertaron y me vestí apresurado para salir. Paquish está listo para una nueva jornada.

Roger: Seguimos caminando.

Roger: En el grifo, se me hizo familiar una figura. Era Francisco Rodríguez, el primo de Paquish. ¿Cómo es posible que estuviese tan fresco y sin atisbo de cansancio? ¿También ha caminado? Qué raro. Bueno. Parece que me estoy volviendo viejo.

Roger: «Hola, Paquito». «Mi querido Roger. ¿Cómo van?». «¡Anoche desapareciste!». «No. Si los busqué y ya no estaban, wey».

Roger: Empezó una perorata que terminó con un largo poema: «Nos morimos de hambre». Engullí un sándwich gigante y medio kilo de chicharrón. El café humeante nos reconfortó.

Roger: Nos encaminamos al coliseo.

Roger: Otra sorpresa: Gilmer Vizconde ha logrado regresar de Venezuela. Con los brazos abiertos, nos abrazamos. Las remembranzas fueron extensas y muy amenas. Al final quedamos en seguir caminos diferentes para evitar problemas.

El día que retomamos la marcha:

Roger: Regresamos a la casa de la señora. Paquito, sonriente, no dio ninguna confidencia.

Roger: Lo vi muy cómodo, como si ya hubiese llegado a su destino. Tampoco yo tengo ganas de seguir caminando.

Roger: Le pregunté si seguía en la casa de la hija del dueño del coliseo. Me dijo: «Sí. Salí muy temprano y, como ya no te encontré, fui a comprar unos chorizos y regresé».

Días después:

Roger: Ya estoy llegando a Huacho. Alquilé una bicicleta y entré a la ciudad. Saboréenla, disfrútenla.

Paquito: Paquish... estoy saliendo de la casa de la hija del dueño del coliseo. Estoy un poco atrasado. Es que como fui a comprar un chorizo, me han prestado un burrito: camina despacio... Espérame ya de tarde en Huacho, es que quiero que me acompañes en Végueta.

Paquish: De acuerdo, te espero.

Gran Inka: ¡Don Paquirri! Nomá téngase cuidau con el piajeno rumbo a Végueta, no le vaya a crecer la quinta pata y lo vacune contra el caviavirus. Juerte abrazo.

Gilmer: «Todo pasa y todo queda, pero lo nuestro es pasar, pasar haciendo caminos, caminos sobre la mar. Caminante, son tus huellas el camino y nada más. Caminante, no hay camino, se hace camino al andar. Al andar se hace camino y, al volver la vista atrás, se ve la senda que nunca se ha de volver a pisar. Caminante no hay camino, sino estelas en la mar».

Végueta está en la provincia de Huaura, en la región de Lima, es uno de los doce distritos que la conforman. Se le conoce como un bellísimo balneario para viajeros. Ahí se suele disfrutar de las playas y áreas naturales, y se puede enriquecer el espíritu visitando varios restos arqueológicos.

Las Salinas de Huacho y Punta Salinas se ubican a la altura del kilómetro 134 de la Panamericana Norte.

Se puede acceder a estos atractivos turísticos por el desvío que se encuentra a la altura del hito del km 131 de la Panamericana Norte, acceso a Quimpac S. A., empresa encargada de la explotación de las Salinas de Huacho.

Gilmer Vizconde Martin, decidido, continúa la caminata.

Pocos días después:

Paquish: Tengo a la vista las Salinas de Huacho. En pocos minutos, mi obra culmina. Pan y libertad. Espero a mis amigos y al pueblo que me sigue. Gilmer, Paquito y Roger culminarán esta historia que espero no les haya parecido aburrida o sosa. Hasta pronto, amigos.

> ¿Dónde estoy? Tal vez bajé
> *a la mansión del espanto,*
> *tal vez yo mismo creé*
> *tanta visión, sueño tanto,*
> *que donde estoy ya no sé,*
>
> José de Espronceda

Rafito Amorós: Jorge Luis Borges coincide con John Keats, fino poeta inglés, y con Rimbaud, poeta francés. Ellos escribieron para el tiempo, para el mar, para la noche, para lo infinito.... ¿Por qué la rechazas, gran Libertador, padre de todas las batallas y caminatas sin fin? Quizás a veces vas perdiendo el juicio en tus solitarios días.

Rafito Amorós: En lo personal, y para mí el leer es un inmenso placer, te ruego que sigas escribiendo. Estoy seguro que lo leyeron todos, pero nuestra difícil, egoísta y complicada condición humana no permite que expresemos lo que tenemos dentro y algunos complejos son dominantes. En consecuencia, el hombre es débil y allí es donde afloran esas carencias humanas y esos demonios existencialistas que terminan por dominar a las personas. Amén.

Alguien: Aconsejo recibas este regalo que te abrigará en tus heladas noches y te devolverá lúcido en tus amaneceres.

Paquito: ¿Paquish, dónde te alcanzo? ¿Dónde te encuentro caminante? Me perdí por Lomas de Lachay.

Paquish: Estoy en un hospital, recuperándome de la deshidratación, la insolación y la insoportable levedad del ser. Continúa tú, Paquito. Ya estoy exhausto y logré el objetivo: despertar la curiosidad del pueblo por conocer y disfrutar de la libertad y una mejor calidad de vida.

Paquito: ¡Jajaja! Olé, matador.

Paquito, Francisco Rodríguez Buezo de Manzanedo, perdido por breve tiempo en las lomas de Lachay.

Paquito se leía incrédulo. Pero, en efecto, Jeremías estaba en el hospital regional de Huacho, recuperándose de un fuerte desgaste físico y emocional. Estaba cansado, muy cansado. Felizmente, el pensamiento de Jeremías nunca se cansaba:

¡Vuela, pensamiento, con alas doradas,
pósate en las praderas y en las cimas
donde exhala su suave fragancia
el dulce aire de la tierra natal!
¡Saluda las orillas del Jordán
y las destruidas torres de Sion!
¡Oh, mi patria, tan bella y perdida!
¡Oh, recuerdo tan querido y fatal!
Arpa de oro de fatídicos vates,
¿por qué cuelgas muda del sauce?
Revive en nuestros pechos el recuerdo.
¡Que hable del tiempo que fue!
Al igual que el destino de Sólima,
Canta un aire de crudo lamento
o que te inspire el Señor una melodía
que infunda valor a nuestro padecimiento,
que infunda valor a nuestro padecimiento,
que infunda valor a nuestro padecimiento,
al padecer, valor!

Y en el fondo de su ser había nuevamente música, música de Italia interpretada en Bilbao, España, países donde la pandemia ha causado estragos. Jeremías se sentía omnipotente y acompañado:

«Va, pensiero» («vuela, pensamiento») corea el tercer acto de la ópera *Nabucco*, compuesta en 1841 por Giuseppe Verdi y estrenada en 1842. La letra de este precioso coro fue escrita por Temistocle Solera, quien se basó en la obra teatral francesa *Nabuchodonosor* que fue estrenada en París en 1836 y estaba inspirada en el Salmo 137, «Super flumina Babylonis».

Giuseppe Verdi y Temistocle Solera.

Nabucco es considerada la obra cumbre de Verdi y canta la historia del exilio hebreo desde Judá a Babilonia tras la toma del primer templo de Jerusalén a manos del emperador Nabucodonosor. Este coro dio gran fama a Verdi y, más adelante, se impregnó en el alma como un cántico de libertad para los combatientes italianos que lucharon contra el imperio austríaco durante la revolución popular de 1848. Los italianos, inspirados en el exilio del pueblo hebreo, coreaban esta canción, clamando por su tierra natal. La frase «¡Oh, mi patria, tan bella y perdida!» sigue resonando hoy día en el ánimo de los italianos.

El exilio hebreo de Jerusalén a Babilonia.

¿Cómo había llegado hasta acá Jeremías? ¿Qué hacía en un hospital? Es una historia fácil de contar, sin embargo, ligeramente difícil de entender.

Jeremías, en los últimos días de su marcha, fue perseguido por cuatro policías que intentaban detener a todo transeúnte que anduviera por las calles: todo el país se encontraba bajo estrictas medidas de cuarentena e inmovilización social. Ataviado con la sábana sobre el hombro, el pelo por completo despeinado, la barba a medio crecer, el dhoti un poco flojo por tantos días de dieta forzada, los labios cortados por la sed y los impecables botines de cuero, confundió a los cuatro policías con cazadores carnívoros. Las cuerdas colgantes de los blancos quepís que usaban los policías de tránsito las confundió con colmillos, apostaba a que dos de los carnívoros que se acercaban veloces eran galgos en pos de su presa, aseguraba que los otros dos eran podencos y, como ambas precisiones las concebía ciertas y verdaderas, se convirtió en una liebre que salió despavorida por los campos y el desierto hasta arribar a la ciudad de Huacho, donde fue atrapado por más de una docena de parroquianos que ayudaron a los galgos y a los podencos.

En calidad de paquete, fue conducido a donde él pensaba era su mejor destino: el calabozo, la cárcel, como Gandhi.

—Si me arrojan preso, que me asignen el número 24601 —dijo.

Él estaba seguro que, al igual que su mentor, Bāpu, sería encerrado por varios meses, las masas armarían bochinches por doquier y, al final, saldría triunfante e ileso.

No fue así, pues terminó en el hospital y no en la cárcel. Tampoco hubo masas de defensores o adversarios, solo unos pocos muchachitos callejeros, aquellos que dormían bajo el puente o en las bancas de las plazas y que no le importaban a nadie. Estos niños harapientos lo siguieron hasta verlo por última vez trepados a las ventanas del hospital: de entre los vidrios verdosos y los plomos espesos, lo vieron derrotado; según él, estaba triunfante. No obstante, aquellos niños ya tenían otro héroe a quien admirar o tenían un nuevo objeto de irrisión.

En el hospital, cansado, agotado, jamás vencido, Jeremías se alucinaba en una prisión de la India donde todos los soldados y presos vestían de blanco. En realidad, eran los médicos y enfermeras que lo atendían, no en una sala hospitalaria sino en los pasillos del hospital, pues las salas y otros emplazamientos se hallaban atestados de enfermos por la COVID-19.

No había, en tan dedicado hospital, médicos especialistas que nuestro protagonista necesitaba. Lo mejor que pudieron hacer los amables doctores y enfermeras del Hospital General de Huacho fue curarle las pequeñas heridas, hidratarlo y alimentarlo por unos tres días y, luego, recetarle que tomara agüita de salvia todas las noches antes de dormir y media tacita de tilo calentito por las mañanas.

Jeremías, durante su internado en el hospital y con el cuerpo maltrecho, se sentía satisfecho y logrado: vibraba enérgico de espíritu con la música que lo acompañaba en su cerebro, celebraba su gran paso, se sintió participando en el baile, el gran baile final.

Al salir del hospital, nadie lo esperaba afuera, solo un hombre solitario se le acercó, pausado e imperturbable. Jeremías lo vio alto, delgado, con una pequeña barba que imitaba a la de Abraham Lincoln. Los ojos vivaces demostraban inteligencia. Cargaba una alforja en el hombro izquierdo y no se podía adivinar qué llevaba en ella: tal vez algunos alimentos, una biblia o quizás solo una vetusta muda si se observaba su austero vestir.

—Venga conmigo, amigo —le dijo con bondad—. Venga conmigo.

Y así, con pausa y en silencio, con la vista entretenida entre los pasos y el mar, salieron los dos desconocidos.

—Mi nombre es Jeremías.

—Ya lo sé.

—¿Acaso me conoce?

—Solo el hacedor nos conoce —y apresuró el paso—. Mi nombre es Urquizo. Teodorico Urquizo.

Jeremías recordó a James Bond. Caminó detrás de Teodorico, concibiendo nuevamente una canción. El cuerpo se le erizó a causa del suspenso y la posibilidad de acción.

Oscar Carrera Machuca y Luis Alfredo Narváez, integrantes de la Xma. Promoción, caricaturas por Jorge Arribasplata Campos.

Parte VIII

EL REFUGIO

Teodorico llevó a Jeremías a un solaz refugio, alejado, caliente, humilde y calmo. Una gran habitación de veinte metros de largo y unos catorce de ancho constituían todo el lugar; una cocina a leña en el rincón posterior izquierdo, una larga mesa de madera apta para acoger a una docena de personas cerca del fogón, doce sillas de madera y un banco alto del mismo material rodeaban el tablero que simulaba una elipse irregular. El espacio restante en la habitación, el más extenso, solo tenía como mobiliario unos petates, unas pieles de oveja apiladas y, al centro, una piel bicolor de vaca tendida en el piso como en la sala de Oscar y María-Paz.

Agotado, cansado, con el peso del alma que parecía insoportable, Jeremías sintió un conflicto de intereses, sobre todo uno de pareceres: por un lado, le atormentaba la lejanía de su hogar; por el otro, los deberes libertarios. Por un punto, su extrañeza por la soledad de su caminata; y por el otro, la seguridad de estar haciendo algo grande y trascendente. El solipsismo, el «solo yo existo» frente al panteísmo donde dios le hace parte del universo, donde comulgaban los caprichos del hombre con el bienestar de la sociedad y donde la totalidad del universo era el único dios. El egoísmo frente a la solidaridad educativa y ejemplar envolvían a Jeremías en una contienda sinigual.

Si bien Jeremías se vio acompañado en muchos tramos del camino, tal como al inicio de su marcha por la sal, rodeado de caminantes piuranos, muchas veces se vio liderando en otros trechos; y luego, para su sorpresa, rebasado por cientos de peregrinos que iban hacia el norte del país: piuranos, liberteños, lambayecanos y también tarapotinos que retornaban a sus ciudades de origen.

No se les debe llamar caminantes, ni libertarios, ni peregrinos, sino retornantes afligidos quienes, confinados y sin esperanza, perdieron sus trabajos y añoraban retornar a las ciudades, pueblos y territorios de los cuales vinieron años atrás para asentarse y prosperar en la capital del Perú, ya fuese por cuenta propia o desde sus padres o abuelos.

Se llamaban, pues, *retornantes*; como las aves que regresaban al nido no con las alas desplegadas, sino más bien con los brazos caídos, las espaldas rotas y el ánimo y la esperanza como única ilusión. Las historias eran desgarradoras y la respuesta de los gobiernos regionales y el poder central era calamitosa, insensible y nefasta. Los retornantes nunca pudieron decir adiós a su pueblo natal o a los pueblos de sus padres.

Para Jeremías, los retornantes significaban aliados, gente que nunca debió decir adiós. Y, para ellos, Jeremías era un retornante más: desvalido, lento e incomprensible.

Un portal jurídico interdisciplinario, Pólemos, decía lo siguiente:

Decenas de miles de personas –a las que la prensa ha denominado «retornantes»– luchan hoy por volver a sus regiones de origen y sobrellevar allí el resto de lo que dure la emergencia nacional. Hacia el 5 de mayo, apenas 19 mil lo habían logrado. La pandemia por el nuevo coronavirus no solo ha resultado en una crisis sanitaria, sino también en una crisis social y económica sin precedentes en nuestra historia reciente.

Según el Instituto Nacional de Estadística e Informática (2020), solo en Lima Metropolitana se perdieron alrededor de 1 millón 216 mil empleos durante el último trimestre. Mucha de la población migrante en ciudades, en consecuencia, ha perdido sus fuentes de ingresos y afrontan graves problemas para subsistir.

En este escenario, el papel del Estado ha sido más bien limitado, respondiendo con una suma de acciones a un desastre que se multiplica a diario. Se han previsto medidas de bioseguridad para asegurar que los «retornantes» no sean portadores de la COVID-19 y puedan permanecer temporalmente aislados. Pero, ¿qué ocurrirá después?

Una oleada masiva de retornos, sin duda, demandará nuevas atenciones de parte del Estado en las regiones. El impacto será enorme. Pensemos en la cobertura de servicios públicos como salud, educación, seguridad o vivienda en zonas rurales, donde los recién llegados a territorios indígenas –andinos y amazónicos– incrementarán las ya múltiples presiones sobre la tierra, generando conflictos para asegurarse una fuente de ingresos.

Retornantes a las afueras de Lima, mayo de 2020.

Los testimonios recogidos por un portal web llamado Ojo Público resumen la desesperación que de igual forma se daba en otras rutas de salida de la ciudad de Lima. En este caso, la ruta hacia el centro del país:

> *El número de familias que buscan regresar se ha incrementado durante las últimas semanas. A la mayoría de ellas, como a Elizabeth, se le han agotado los ahorros que tenían, a otros los han desalojado de las habitaciones que alquilaban y muchos más son los que temen quedarse sin alimentos los próximos días. Expulsados por la incertidumbre se han organizado en grupos de* **WhatsApp** *para iniciar un largo camino a pie.*
>
> *«Yo también estoy aquí, sola con mi bebita. A veces pienso que la vida se nos agota», escribe una mujer desde uno de los campamentos improvisados que se construyó en la Carretera Central para los que intentaban salir de Lima.*

Estos acontecimientos, desde sus inicios, junto al encierro y la cuarentena, impactaron sobremanera en Jeremías; solo la paz del refugio, a donde Teodorico gentilmente le había llevado, calmaba la mente turbulenta de nuestro protagonista, quien deseaba ser el único sobre la tierra. Como marista, le dolía el sufrimiento ajeno; como cristiano, él salió a protestar; y como economista, refunfuñaba contra la insensatez de las medidas gubernamentales. Felizmente, ahí estaban el refugio y Teodorico para darle paz y serenidad.

De nuevo, las ideas solipsistas invadían el cerebro y las entrañas de Jeremías. El *solus ipse* (solo yo existo) asaltaba su cerebro y su conciencia. Tenía la certeza absoluta que de lo único que podía estar seguro era la existencia de su propia mente: ni siquiera su cuerpo existía.

La realidad que lo rodeaba era solo aparente e indescifrable: los objetos, las gentes y todo el universo no eran más que un producto irreal de su propia imaginación y de los recursos mentales de su propio yo. Así, para Jeremías, todos los objetos y personas en el refugio y fuera de él, al igual que la pandemia, la cuarentena y la caminata, eran de manera estricta difusiones de su cabeza. Por lo tanto, la única cosa de la cual estaba seguro era de su propia existencia.

Por un lado, se atormentaba; por el otro, la calma y la reflexión le llamaban. Un corazón triste y cansado, desilusionado, batallaba contra un hálito de esperanza y serenidad. Un conflicto más que psicológico se agigantaba de forma espiritual. Un conflicto con su propia identidad. Su insoportable resignación contra sus trascendentes objetivos de libertad.

Teodorico, comprendiendo lo que pasaba en la sala y sabiendo mucho más sobre lo que pasaba en la mente de Jeremías, le leyó un poema: Ítaca. No en vano, el refugio había sido creado, construido y mantenido para los visitantes: en él se detenían los caminantes, a él acudían los solitarios y, en esas épocas, allí descansaban los retornantes que, por centenas, en ambos sexos y de todas las edades, día a día como en los relevos, relajaban las piernas, bebían agua, tomaban sopita caliente de pata de gallina, dormían unas horas y emprendían el ansiado retorno, esperanzados.

El espacio central de El Refugio estaba destinado a la conversación y, algunas veces, al baile, pero siempre al disfrute y a la búsqueda de la paz. En opinión de Jeremías, ese lugar debería llamase El Refugio de la Conversación y no ser nombrado únicamente como un cálido refugio.

Sentados todos, cerca de una treintena de persona esa tarde, sobre las pieles de oveja y los petates, iniciaron una conversación más entre todas las conversaciones vespertinas que terminaban por convertirse en nocturnas. Teodorico siempre estaba sentado en el espacio principal de la habitación, sobre el alto banco de madera, observaba todos los detalles de la tertulia: hacía algunas preguntas, pocas veces sentencia alguna frase o le gustaba resumir algo. Pero, esa vez, Teodorico preguntó:

—¿Cómo se siente usted, don Jeremías?

—Siento que ya no puedo más, que todo ha sido en vano.

Los asistentes, incluidos Gilmer y Roger, quienes ya estaban allí desde hacía varios días, permanecieron en silencio.

—Cuando emprendas tu viaje a Ítaca

pide que el camino sea largo,

lleno de aventuras, lleno de experiencias.

No temas a los lestrigones ni a los cíclopes

ni al colérico Poseidón,

seres tales jamás hallarás en tu camino,

si tu pensar es elevado, si selecta

es la emoción que toca tu espíritu y tu cuerpo.

Ni a los lestrigones ni a los cíclopes

ni al salvaje Poseidón encontrarás,

si no los llevas dentro de tu alma,

si no los yergue tu alma ante ti.

Pide que el camino sea largo.

Que muchas sean las mañanas de verano

en que llegues —¡con qué placer y alegría!—

a puertos nunca vistos antes.

Detente en los emporios de Fenicia

y hazte con hermosas mercancías,

nácar y coral, ámbar y ébano

y toda suerte de perfumes sensuales,

cuantos más abundantes perfumes sensuales puedas.

Ve a muchas ciudades egipcias

a aprender, a aprender de sus sabios.

Ten siempre a Ítaca en tu mente.

Llegar allí es tu destino.

Más no apresures nunca el viaje.

Mejor que dure muchos años

y atracar, viejo ya, en la isla,

enriquecido de cuanto ganaste en el camino

sin aguantar a que Ítaca te enriquezca.

Teodorico cortó la lectura del poema, no lo concluyó: sabía que eso era suficiente para renovar el ánimo de Jeremías. Y así fue. Los ojos de Jeremías brillaron de nuevo, enardecidos. El poema caló en su atormentada mente. «Ya he ganado yo», se dijo.

Solo quedaba ir a recoger la sal. Ya estaban Roger, Gilmer, Teodorico, Jeremías y una docena de retornantes en el refugio. Al grupo de marchantes por la sal se le había unido María Fernanda, Mafe, dedicada alumna de Jeremías en la universidad; también su madre y su abuela. Paquito Rodríguez había desaparecido de nuevo en alguna aventura poética, tal vez anduvo ensimismado en un libro o si acaso fue tras un nuevo objetivo femenino y pronto se uniría al grupo.

Doña Lelo la abuela de Mafe, alumna de Jeremías, se decide a emprender la marcha libertaria.

Jeremías hizo un recuento de su propósito central. Sus amigos y seguidores asintieron, Teodorico solo sonreía, los retornantes desistieron de acompañarlo. Del segmento posterior de su alforja, Teodorico extrajo una pequeña radio a pilas no más grande que un cuaderno: podía ser llevada de un asa desde la parte superior. Al son de la música de la radio, todos quedaron profundamente dormidos. Para Teodorico, ahora pescador y otrora agricultor serrano, volver al mar después de la larga cuarentena significaba una enorme alegría. A la abuela de Mafe, la música en la radio no le era familiar ni tampoco deleitosa, aunque de seguro hoy día le traerá nuevos recuerdos.

Después de sacar la radio, Teodorico dejó caer con brusquedad la alforja. Un sonido seco sobre la mesa de madera provocó que Jeremías abriese uno de los ojos. Le pareció ver un revólver en el fondo, pero se quedó dormido al instante.

Parte IX

LA SAL

Olas gigantes que os rompéis bramando
en las playas desiertas y remotas,
envuelto entre sábanas de espuma,
¡llevadme con vosotras!

Gustavo Adolfo Bécquer, Rima LII

El reducido grupo de marchantes que emprendieron el tramo final por la sal solo estaba compuesto por los compañeros de la promoción colegial de Jeremías; Teodorico Urquizo acompañado de cuatro pescadores y dos mujeres jóvenes y libertarias agricultoras; un grupo de niños preadolescentes, curiosos y alborotados; Mafe, su abuela y su madre; dos periodistas huaralinos y una docena de curiosos hombres y mujeres pobladores de la campiña de Huacho, quienes habían llegado al refugio cabalgando unos bellísimos pollinos blancos. El grupo era variopinto.

En la primera fila de libertarios caminantes iban los siete magníficos: Jeremías; Roger, un fortísimo hombre experto en defensa personal, escritor y natural de Cajamarca; Gilmer, quien vino de Venezuela, especializado en negocios de aluminio, admirador de Bolívar e hijo de un respetadísimo exdiputado aprista; Paquito, un poeta valiente, amante de la naturaleza y la fotografía; y las tres chachapoyanas: Mafe y su familia, alegres, naturales y siempre optimistas como todas las personas procedentes de la amazonía peruana.

A la retaguardia, o segunda línea de ataque, iban Teodorico, ahora pescador y serrano inmigrante natural de la ciudad de La Encañada, y sus acompañantes pescadores y agricultores. Todos ellos montaban unos briosos potrillos y arreaban a otros, veteranos pero ágiles alazanes y que, según Teodorico, serían muy necesarios para la difícil misión de cruzar la pradera, saltar las mallas y emprender la veloz carrera hacia la orilla del mar a recoger la sal. Esta táctica de aproximación al objetivo, preparada por Teodorico y aprobada por Jeremías, era necesaria debido a las medidas de seguridad y protección a la propiedad puestas por la compañía Quimpac, dueña de la concesión para extraer sal. Finalmente, estaban atrás los pobladores rurales y los niños entusiasmados por las rebeldes intenciones de Jeremías.

Distrito de la Encañada, de donde es natural Teodorico.

El distrito de la Encañada se encontraba en el departamento y provincia de Cajamarca, al norte del Perú. Era un bellísimo valle, donde estaba enclavada la ciudad del mismo nombre en medio de una campiña de muy agradables paisajes y lugares que se pueden visitar como Tambomayo, Polloc, Polloquito, la Quispa, Gran Chimú o las ventanillas de Combayo y otros restos arqueológicos preincas.

Mafe, seguida por su madre, cargando en un brazo la radio de Teodorico y arrastrando con el otro a su abuela, le dijo:

—Gracias por venir, mamá. Yo por ti, tú por mí: siempre juntas.

Y nos dejó escuchar a todo volumen la apropiada música que le dedicó a su madre y a su abuela.

El grupo, optimista y decidido, emprendió el camino hasta el primer obstáculo: la malla de alambre de púas que protegía el ansiado lugar desde la orilla sur del mar hasta la orilla norte en una semicircunferencia de más de mil metros de radio. Desde esa malla hasta el segundo impedimento, había una pared de barro peripuesta por plantas trepadoras de un metro y medio de alto que marcaba más de 500 metros de distancia y, desde el muro de barro hasta la orilla del mar, había otros 500 metros adicionales. Torres de vigilancia, perros amaestrados, carabinas de perdigones e insensibles guachimanes impedían al más osado acercarse a la mina de sal en las salinas de Huacho.

Al alba, todos montados a caballo, a excepción de Mafe que iba en bicicleta y los niños y curiosos que lo hacían a pie, llegaron silenciosos y ordenados a la primera barrera.

Jeremías, enrollado en una sábana blanca por delante, presidía el grupo. Lo seguían Roger, en zapatillas, un pantalón de drill color caqui, una camiseta blanca muy apretada que hacía sobresalir su apreciable musculatura pectoral, gorra veinteañera y dispuesto a todo; Gilmer, vestido en jeans cubiertos por protectores de cuero en la cadera y piernas, de color marrón claro, quien simulaba ser un jinete del oeste americano por su pantalón vaquero, todo él cubierto por un gran sombrero de ala ancha de jipijapa y un sacón largo impermeable de color beige; Mafe, la abuela y su madre parecían trillizas por su porte y parecido, las tres ataviadas con idéntica similitud en zapatillas, jeans color azul y blusas blancas, las cabelleras de tamaño medio sostenidas por bellas coletas de liga y gorras también de color blanco; luego iba Teodorico con la alforja que nunca apartaba de su cuidado al hombro, acompañado de los jinetes y los caballos; detrás del segundo grupo iban los pocos pobladores, los curiosos y los periodistas en los que destacaban los niños y las niñas vestidos en ropa multicolor; a pocos pasos los campesinos y pescadores, vestidos todos de blanco.

Teodorico cortó la malla de alambre con una cizalla. Abrió un agujero lo suficientemente grande para pasar las acémilas, los marchantes y la bicicleta de acuerdo a lo planeado. Subidos en sus respectivos transportes y al sonido del disparo de un balazo efectuado por Teodorico, todos, sin parpadear, emprendieron la veloz carrera hacia el segundo obstáculo, decididos en no tardar más de tres minutos en recorrer esa distancia.

Una enorme polvareda quedaba detrás. Las nubes blancas en el cielo tomaron formas de caballos en tropel; por momentos se cerraba en nubes casi negras. Jeremías estaba montado en un caballo blanco, Teodorico en un negro corcel; algunos equinos estaban sueltos, sin jinetes, para hacer manada; los borricos blancos llevaban a los pobladores; la abuela y la madre iban en veloces caballos alazanes, Mafe en bicicleta; Roger y Gilmer, cual huracanes, estaban en dos briosos potros, bayo el uno y tordillo el otro. La escena fue ciertamente maravillosa. Una sábana blanca con una cola semejante al arcoíris parecía cubrir el campo; los jinetes en blancos equinos, las vestimentas, las gorras y los borricos blancos simulaban un manto hermoso color marfil; las vestimentas multicolores de los niños rezagados mostraban los colores del arcoíris que recorría la pradera, el desierto y la infinidad.

Llegar al muro de barro era primordial. Hacerlo en el tiempo establecido resultaba igualmente imperativo, pues los perros de los vigilantes, según los cálculos de Teodorico, los alcanzarían en no más de tres minutos. Al llegar al muro, sería imprescindible traspasar la pared cubierta de maleza en no más de tres segundos. Esto último era lo más difícil según la experiencia de Roger.

Roger, Roger Pajárez Barrantes, alista el caballo para tomar la sal.

El tiempo se hacía interminable. Los marchantes, o mejor dicho, los carreristas, corrían con los corazones agitados, también tenían golpes en el vientre por las cabalgaduras. Arreaban más caballos, cuidaban a las señoras que, aunque montaban muy bien, podían caerse. Mafe pedaleaba la bicicleta a toda velocidad y los niños corrían detrás. Fue un suceso espectacular, un reto sin parangón. Jeremías, siempre en control de la situación, intuyó que era necesaria una inyección de ánimo: parecía que no se podría lograr el objetivo sin ser alcanzados, pues los perros se acercaban, y los autos y las motos cargadas de soldados disparaban perdigones de goma y hacían prever un desastre, un fracaso. Así, nuestro héroe, desenrolló el manto blanco que llevaba cubriéndole a medias la espalda y solo parte del pecho. La soltó y, sábana en mano, la agitaba en círculos como si fuese una blanca bandera libertaria. A viva voz, gritó para que toda la tropa le oyese:

—Va por ti mi Chicamero, ¡va por ti!

Siempre libre Chicamero, siempre libre como tú.

Caro amigo,

nunca te rendiste, nunca me rindo yo.

No se rinden tus amigos, helos aquí, acá están.

Cien amigos, un destino, diez perritos de ilusión.

Desde niño, tu coraje forjó tu porvenir.

Chófer desde los quince. Sóplame la historia y yo te soplo el teorema.

Regálame, Chicamero, otra piedra que simbolice el amor.

Acá estamos tus amigos, acá libertad nos das.

La arenga penetró los oídos de la tropa; como una flecha, traspasó los corazones, el vientre y llegó a las piernas de los exaltados velocistas transformada en fuego. La tropa frenética apuró el paso. La carrera llegó a su fin en el tiempo planeado. La prédica surtió efecto en energía, velocidad, lágrimas en los ojos y carraspera en la garganta. El muro de barro y yerbas estaba a la vista, a diez, a cinco metros y el caballo de Jeremías se acercaba seguido del pelotón, doce perros policías y dos camionetas cargadas de soldados y vigilantes de paga privada.

Chicamero, Wilder Marcelo Quispe Sobero, integrante da la Xma. Promoción, D. E. P.

Jeremías, desde muy niño, aprendió a cabalgar. No lo hacía por más de 40 años, pero ahí iba, sosteniendo con una mano las riendas y las crines del caballo con la otra junto con la sábana blanca. Era impensable que los caballos y los jinetes saltaran tamaña pared: iban a frenar de golpe y tirarían, por encima del lomo, a Jeremías y al resto de jinetes de bruces contra la pared que, en barro y matorrales, también tenía espinas. Para evitar tal frenazo y la posterior caída, Jeremías, en una acrobática maniobra, se arrojó del caballo, rodando por el costado cual pedazo de basura desecho o cadáver arrojado al campo por algún asesino.

Se levantó polvoriento, machucado, herido de raspones, pero vital. Nunca soltó la sábana blanca. Los carreristas detuvieron los caballos y bajaron a socorrerlo quien, con la boca tupida por el polvo y la mala hierba, atinó a decir:

—Bien hecho, compañeros.

Teodorico, a quince metros por la parte lateral del muro, encontró el portón de entrada al segundo campo abierto. Con dos balazos despedazó el enorme candado que sostenía una gruesa cadena que sellaba ambas alas del portón. El pelotón, desordenado pero muy presto, cruzó la muralla por la puerta abierta de par en par. Esta estrategia, planeada por Teodorico, funcionó a la perfección; sin embargo, más perfecta fue su ulterior acción: extrajo de la alforja un nuevo candado grueso y enorme y, con la misma cadena, luego de dejar pasar a todo el grupo, cerró el candado y, con él, el pase a los perseguidores. No obstante, dos perros furiosos lograron pasar antes de cerrar el portón. Uno de ellos se abalanzó contra Jeremías y el otro iba detrás.

El primer perro furioso se lanzó contra su pecho. Roger dio un salto con la pierna derecha sobre la cabeza de su cabalgadura y, de un solo puñete en la nariz, dejó al perro desmayado en el suelo. El segundo perro se abalanzó sobre Roger, pero no lo pudo alcanzar pues, en un rápido movimiento, aunque un poco más lento que en tiempos anteriores según contó Roger horas más tarde, cogió al perro del estómago: cerró el puño y le dio tres vueltas en torno a su cuerpo para lanzarlo a más de quince yardas de distancia cual martillo olímpico.

De nuevo, sobre las cabalgaduras y la bicicleta, el grupo emprendió la carrera hacia el objetivo principal: la orilla del mar salado y las salinas añoradas. Ya los carreristas eran unos expertos quienes, motivados, se dispararon con la máxima velocidad que podían desplegar.

Teodorico extrajo de la alforja dos trompetas y, en compañía de Gilmer, dieron los compases para emprender la última carrera, la carrera de la verdad, al son de la música en orquesta dirigida por un personaje idéntico al flaco Bernal.

Ya en la orilla del mar, Jeremías empuñó la sal, triunfante.

—¡Con esta sal en mis manos, protesto! ¡Con esta sal, libero a los pueblos de América de la tiranía y la prepotencia! ¡Si me echan preso, esta vez que me pongan el número 9430!

—¿Por qué? —preguntó Roger.

—Porque la última vez me pusieron el 24601 —respondió, antes de agregar, satisfecho— ¡Con esta sal, rompo la cuarentena y el ultraje a la libertad!

Todos aplaudieron e hicieron lo mismo. Recogieron la sal en sus manos, gorras y, en algunos casos, hasta en sus bolsillos. Los vigilantes y soldados, quienes ya habían llegado al lugar, se quedaron mudos ante tan bello espectáculo en un primer instante, pero luego se llevaron detenidos a todos los insurrectos.

La caravana ingresó a la ciudad de Huacho. Los detenidos, rodeados por los vigilantes y soldados, fueron seguidos por una multitud de curiosos hasta la puerta del juzgado provincial. Jeremías fue llevado al centro mismo de la plazuela central de la ciudad, a la cual concurrieron los acusadores, los acusados, las autoridades judiciales y la muchedumbre. Entre tanta gente, se vieron jubilosos y preocupados por las consecuencias de aquellos actos de rebeldía a Cesar Soberón y al Chocha Sánder, quienes compartían los principios maristas y las ansias libertarias. Ambos, también, eran compañeros de promoción de Jeremías, Gilmer, Roger, Paquito y de los ausentes miembros de la décima promoción del colegio Cristo Rey quienes, desde Lima, Cajamarca y otros lugares, escuchaban y leían las noticias por varios medios de comunicación.

Teodorico, subido sobre una banca de vieja madera y bronce que adornaba la plaza, pronunció un discurso que quedó grabado en la memoria colectiva de la ciudadanía huachana y sus alrededores.

Después de escuchar todas las acusaciones, ante la mirada impertérrita del juez, Teodorico dijo:

—Todo ser humano es digno de ser libre. Este hombre es humano y por lo tanto es digno de ser libre. Las acusaciones de la policía son palabras. Las pruebas e historias de los vigilantes son palabras. Pero debemos juzgar a este hombre con los corazones. Testigos que incriminan, soldados que reprochan, todos lo hacen con palabras. No son más que palabras. Tenemos acusadores con demasiadas palabras —hizo un breve silencio para luego agregar en tono suave y sugestivo—: ¿Cómo puedo esperar que sus señorías escuchen mis palabras si ya ustedes, señor juez y autoridades, han escuchado tantas palabras? —hizo nuevamente un cortísimo silencio—. Pongamos entonces las palabras a un lado y escuchemos solo a nuestros corazones: es ahí donde ustedes, abogados, jueces y también el acusado, están. Están y deben estar en nuestros corazones. Es en nuestros corazones donde distinguimos lo verdadero de lo falso y las palabras de los hechos. No me escuchen a mí, escúchense ustedes mismos: escuchen a sus corazones. Es un hecho que este hombre es un hombre bueno. ¿Acaso hay daños a la propiedad? ¿Acaso hay daño alguno? ¿Acaso hay pérdidas de vidas? ¿Acaso hay robos o saqueos? Estos son los hechos y no son solo palabras. No dejen que resuenen las voces de las palabras, sino la voz de los hechos. ¡Este es un hombre santo! ¡Es inocente!

Vítores y aplausos se suscitaron al instante. Se vio hasta al mismo juez abrazar a Teodorico mientras los soldados se palmoteaban en las espaldas. El grupo de marchantes abrían la boca de asombro y otros reían de alegría.

—¡Es inocente! —gritó el juez—.

—¡Es un santo, es un santo! —gritó la multitud.

De vuelta en el refugio, todos alrededor del fuego, exitosos y en una reconfortante sensación de paz, nuestros héroes celebraban. Plácidos, sobre los petates y las pieles de oveja, la ceremonia de la conversación estuvo lista para empezar.

Teodorico se puso de pie. Dio dos vueltas en un círculo casi perfecto, rodeado de marchantes libertarios y valientes. Miró con ojos de amor a la asamblea y luego, fijamente y reflexivo, recitó los últimos fragmentos del poema que, adrede, dejó inconcluso antes:

—Ítaca te brindó tan hermoso viaje.

Sin ella no habrías emprendido el camino.

Pero no tiene ya nada que darte.

»Aunque la halles pobre, Ítaca no te ha engañado.
Así, sabio como te has vuelto, con tanta experiencia,
entenderás ya qué significan las Ítacas.

Constantino Cavafis

Mafe, María Fernanda Paredes Díaz y su madre Doña Betty optimistas libertarias.

Parte X

LOCO

El último loco ha muerto.
Ese manchego se ha ido.
Ahora estamos todos cuerdos,
terriblemente cuerdos.

Ernesto Sábato

Los hombres me han llamado loco; pero la pregunta
aún no está resuelta, si la locura es, o no es,
la inteligencia más elevada.

Edgar Allan Poe

Jeremías sabía que debía morir asesinado, como lo fue Gandhi. Este era su destino inevitable y heroico.

Confundido en sus pensamientos, creyó que era otra persona: no quería morir. Consideró que él nació un 17 de julio, pero no de 1953 sino en 1853. Ya entonces debía estar muerto. Parecía que alucinaba, se transformó, estaba seguro que era y que no era.

Supo que él no era Paquish, no era un simple Francisco. Él era Franz, Franz Alexius Meinong, y nació el <u>17 de julio</u> de <u>1853</u> en **Leópolis, Austria**, y murió en 1920. Fue **filósofo** y **psicólogo**. Creyó en la filosofía del acto, de los hechos. No era extraño, era la pura verdad. Según Jeremías, no era una coincidencia: eran los hechos.

—Yo moriré en 2020 —se decía.

Se me conoció por mi **Teoría de los objetos**: siempre he creído en los objetos inexistentes. Esta verdad se respalda en el hecho de que todos podemos imaginar cosas, aunque estas cosas no existan. Todos podemos pensar en un gobierno auténticamente democrático, aunque no exista una entidad así en el mundo entero.

Asustado, en un momento de breve lucidez, exploró en internet y descubrió su propia muerte: Alexius Meinong murió a los 67 años, la edad que él tenía en ese momento.

—No hay duda entonces: los hechos y los objetos son los hechos y los objetos. Voy a morir —dijo ya casi resignado.

Julio de 1853 lo confunde con julio de 1953, con el 17 no tiene dudas. Los 67 años lo hacen temblar, pero a la vez lo hacen ilusionarse con la trascendencia. 1920 lo ve como el 2020. No le quedan dudas: su muerte está próxima. Lo que falta saber es quién será el asesino, pues es seguro que su muerte será como la de Gandhi: morirá ejecutado, asesinado por un traidor, por un inservible.

Franz Alexius Meinong, 1853-1920

Por momentos deseaba volver a casa, no importaba si lo hacía derrotado por no morir como Gandhi y trascender. Olvidaba que la trascendencia de Gandhi y la de él mismo no estaban ya en duda: ya hizo lo que tenía que hacer; se rebeló, marchó por la sal, tomó la sal en sus propias manos y en las de sus seguidores. ¿Qué podría faltar? ¿Morir asesinado? Pensó en rendirse. No se atrevía. Temió enfrentar la muerte. Existía el cielo, pero recordó lo que dijo su maestro de la infancia Pepe Lucho: «el limbo no existe, tampoco el purgatorio y el infierno está próximo a desaparecer». Dudó. Pensó en tirar la toalla. Pero, antes, se informó: como buen marista, utilizó su arma invencible, la ciencia. Buscó en la web y descubrió lo siguiente:

Casi todo el mundo conoce la expresión tirar la toalla, *que significa* rendirse o abandonar una lucha o un propósito. *Normalmente se asocia la expresión al mundo del boxeo, a un gesto con el que el entrenador de uno de los púgiles puede forzar el abandono de su pupilo. Pocos saben, en cambio, que la frase tiene un origen más antiguo y menos agresivo, relacionado con el mundo de las termas romanas.*

En la antigua Roma, las termas no eran solo un sitio donde poder bañarse, sino también un lugar de encuentro y de reunión, donde poder urdir las conjuras políticas o encontrar el amor de los efebos más bellos de la ciudad. Parece ser que ya en el siglo I d. C. se instauró una especie de ritual precisamente entre los jóvenes que acudían con asiduidad a las termas en busca de fama y riquezas, y los hombres de media edad que buscaban sus favores. Después de que uno de estos jóvenes había recibido una propuesta concreta, se situaba frente a su pretendiente y realizaba una de estas dos acciones: o se hacía un segundo nudo en la toalla, haciendo entender que no aceptaba la propuesta; o la dejaba caer al suelo, dando nacimiento a una nueva relación.

En una fecha posterior, aunque también temprana, en el siglo II d. C. tenemos las primeras pruebas escritas de la expresión linteum iactare, tirar la toalla. En unas termas en la actual Turquía se ha descubierto recientemente una placa donde se lee: «Hic Antinous Hadriano linteum suum iactavit», es decir, «Aquí fue donde Antinoo tiró su toalla a Adriano», una placa que señala el inicio de la famosa relación entre el emperador Adriano y el joven Antínoo.

Así la frase «tirar la toalla» comenzó a verse como un gesto de sumisión, de rendición al conquistador, por lo que terminó adaptándose también al mundo del boxeo, a través del cual ha llegado hasta nuestros días.

Jeremías, ni bien leyó aquello, dijo:

—Yo jamás tiraré la toalla. ¡No me rindo!

Se recuperó por completo y les contó esta anécdota a Gilmer y Roger quienes expresaron:

—Si nuestros compañeros de promoción lo hubieran sabido, no hubieran tirado la toalla y todos nos hubieran acompañado en esta majestuosa epopeya.

Roger aprovechó el momento de conversación entre los tres compañeros y preguntó:

—Paquish, ¿por qué pediste que te pusieran el número 9420 y antes el 24601?

—9420 es el número de preso que le pusieron por segunda vez a Jean Valjean, el protagonista de *Los miserables* de Víctor

Hugo. La primera vez que lo encarcelaron le pusieron el número 24601 —contestó Gilmer.

Ya a estas alturas de la expedición, los tres amigos estaban locos, aunque con mucha memoria.

La noche en que murió nuestro protagonista no fue menos larga e incomprensible. Inició, como siempre, con algunas palabras de Teodorico.

Teodorico sabía que la fatalidad estaba cerca y que el ánimo de Jeremías, a pesar de estar un tanto recuperado, necesitaba verse reforzado, sobre todo en lo concerniente al esclarecimiento de su identidad. Inició su presentación, esa noche fatal, con algo que los educadores llaman *rapport:* de origen francés (*rapporter*), significaba *traer de vuelta* o *crear una relación*. El concepto provenía de la psicología y era utilizado para referirse a la técnica de crear una conexión de empatía con otra persona para que se comunicase con menos resistencia.

De Jeremías a Paquish, de Paquish a Alexis Meinong, de Meinong a Valjean. La identidad de Jeremías podría jugarle una pasada de incalculables y lamentables consecuencias. Así que Teodorico inició la conversación contando un chiste, más bien una anécdota muy conocida que circula en internet. A sabiendas de que casi todos ya habían escuchado este cuento y que la atribución que se hacía de él a Gandhi no era del todo cierta, la contó tal y como circulaba en la red:

—Cuando Mahatma Gandhi estudiaba Derecho en Londres, un profesor de apellido Peters le tenía mala voluntad por su raza y color. Pero el alumno Gandhi nunca bajó la cabeza y eran muy comunes sus encontronazos.

Un día, Peters estaba almorzando en el comedor de la Universidad y Gandhi venía con su bandeja y se sentó a su lado.

El profesor muy altanero, le dijo:

«Estudiante Gandhi, ¡usted no entiende! Un puerco y un pájaro, no se sientan a comer juntos».

Gandhi le contestó:

«¡Esté usted tranquilo profesor, yo me voy volando!», y se cambió de mesa.

El profesor Peters, lleno de rabia porque entendió que el estudiante le había llamado *puerco*, decidió vengarse en el próximo examen. Pero el alumno respondió con brillantez a todas las preguntas. Entonces, el profesor le hizo la siguiente interpelación:

«Gandhi, si usted va caminando por la calle y se encuentra dos bolsas, una llena de sabiduría y otra de dinero, ¿cuál de las dos se lleva?».

Gandhi respondió sin titubear:

«¡Claro que el dinero, profesor!».

El profesor, sonriendo, le dijo:

«Yo, en su lugar, hubiera agarrado la sabiduría, ¿no le parece?»

Gandhi respondió:

«Cada uno toma lo que no tiene, profesor».

El alma le volvió a su cuerpo o, mejor dicho, Jeremías se volvió a sentir el mismo de siempre:

—Yo soy Gandhi. Sí, yo soy el mismísimo Gandhi —y volvió a sonreír después de varios días.

La plática de esa noche fue ligera. Podría decirse, con equivocación, que fue poco profunda y distendida: se habló sobre el teatro y sus diferentes expresiones, su belleza y naturaleza pedagógica, la cultura que lleva y los encantos que prodiga a actores, tramoyistas, productores y, sobre todo, al público asistente. Paquito hablaba sin cesar sobre sus experiencias teatrales en su juventud cajamarquina; los ojos vidriosos y exaltados, cada vez que recordaba algo, lo decían todo. El encanto de las anécdotas, los tipos de teatro y el rol que cumplía en la sociedad no faltó en la conversación. Todo era hermosura.

En aquella noche endiablada, la tertulia giró hacia una explicación del comportamiento de la gente. Teodorico, con voz pausada y tosca, en un sonido parecido al eco, dijo:

—Todos somos actores, todo es teatro en la vida.

Paquito asintió.

—Explíquese, maestro —dijo Roger.

—La gente está actuando todo el tiempo.

Expresó Teodorico con mucha seguridad y cuidando cada palabra y cada gesto, como si actuara, como si todo lo que decía estuviera ya escrito en un libreto de un autor desconocido y filosófico. Jeremías recordó en esa afirmación las profundas reflexiones de su amigo Jorge Calmet.

—Lo que hacen todos es actuar para un público que pretenden cautivar. Todo es afán de figuración.

Dijo en un tono que, a oídos de Jeremías, sonó provocativo, retador, casi insolente. Más tarde Jeremías confirmaría que las intenciones de Teodorico fueron hostigarlo e increparlo por todo lo que había hecho.

Jeremías, afectado por tanta acción reciente y como consecuencia de los estragos en su estabilidad emocional, ya sin talantes de tolerancia, en respuesta inmediata e irreflexiva, le manifestó:

—¿Quieres decir que todo lo que he hecho, lo que hemos hecho, lo hicimos por puro teatro? ¡¿Por afán de figuración?!

Era la primera vez que lo trataba de tú y en forma tan agresiva. El ambiente tenso solo pudo ser distendido por la oportuna intervención de Gilmer, quien se puso a entonar una canción y dijo:

—Bailemos. Bailemos algo que nos guste a todos.

La noche transcurría ya muy animada. A ritmo de zapateo, Roger sacó a bailar a las tres chachapoyanas quienes, muy entusiastas, bailaron sin cesar. Gilmer, César y el Chocha, animosos, canturreaban las letras de las canciones y miraban a las damas, abriendo los brazos como pájaros que retan a un encuentro. Campesinos, retornantes y otros seguidores se unieron al baile. Paquito cogió una flor en el jardín exterior y, llevándolo al centro mismo del refugio, sacó bailar a la abuela de Mafe. Gilmer, recordando tiempos pasados, tomó la radio de Teodorico y sintonizó una emisora de sus recuerdos. Muy alegre, sacó en ronda a todos los asistentes y hasta formó un trencito.

La fiesta, a ritmo muy alegre, tenía previsto prolongarse por horas. De forma inusitada, entró en el refugio un hombre indescifrable, pero no por su aspecto sencillo y taciturno: su mirada estaba cargada de furia, llevaba un cigarrillo negro a medio consumir en la boca, se le veía un reluciente diente de oro y portaba una alforja como las que usan en Porcón.

Lo seguían varios más, serían como ocho o nueve. Usaban mascarillas protectoras que les cubrían las narices, las bocas y la mitad del rostro; solo sus ojos aborrecidos podían observarse. No entraron agrupados, sino espaciados, de dos en dos. Unos fueron al centro del refugio, otros hacia la diestra y los demás a siniestra. Como un presagio, los hombres de la izquierda patearon los petates y los de la derecha rodearon el lugar. El imperturbable hombre de la alforja sacó una pistola de repetición. Se cayeron unas latas de atún y un grueso libro.

—¡Esto es un asalto! ¡Arriba las manos y que nadie se mueva!

Solo Jeremías y Teodorico, quienes hacía un buen rato no se hablaban, escucharon las amenazas del intruso y sus secuaces; el resto de los concurrentes, animados por la fiesta, no los vieron entrar y continuaban bailando y conversando. Un disparo con la pistola destrozó uno de los tres lamparines de queroseno que iluminaban la gran habitación. Jeremías apagó la radio.

Los asistentes absortos, luego de instantes de confusión, vieron a Jeremías y a Teodorico con las manos levantadas. El intruso con el arma en mano y un nuevo disparo reventó el segundo de los lamparines. Todos guardaron silencio, amedrentados, temerosos e indignados, no por el asalto sino por la interrupción de la fiesta. Todos menos Roger, quien empuñó las manos.

«El ser humano es el único animal que necesita un amo para vivir», pensó Teodorico al recordar a Kant. Era indudable que el hombre sinuoso era el líder. «El amo debe ser otro».

Jeremías, más emotivo, intuyó que esos alevosos querían llevarse a la dama o únicamente deseaban amedrentar los principios libertarios. Roger estaba seguro que, fuese lo que fuese, era imprescindible atacar; no lo hizo pues se lo impidió la palma de la mano levantada de Jeremías.

El breve frenazo repuso la ecuanimidad de todos los asistentes. Sus rostros ya curtidos por la caminata, la carrera al mar, las largas noches de desvelo en los caminos y la silente soledad de las noches en el refugio después de las pláticas habían forjado espíritus indomables en todos ellos. Sería imposible pensar que ocho o diez bribones enviados por alguna boba y prepotente autoridad pudieran opacar o rendir a este grupo de patriotas.

—Sin duda son nefastos títeres enviados por el gobierno —gritó Jeremías—. Quieren sofocar el enorme influjo de mis acciones.

Ahí no había nada que robar salvo los teléfonos celulares o unos viejos petates. Las manos de los delincuentes, bajo las axilas opuestas, indicaban que todos estaban armados. Jeremías dio un paso al frente. Había llegado a la conclusión de que, entregándose a la muerte, sus amigos y compañeros de jornada saldrían libres e ilesos.

—¡Este mandadero prepotente es mi asesino! ¡Este es el hombre que me va a matar! —gritó, no en tono de súplica o temor.

Su gritó fue acompañado por una señal que no pasó desapercibida para Mafe, al fin y al cabo, ella había sido alumna de Jeremías a inicios del año 2020 y conocía sus tretas y espíritu; él no se iba a rendir tan fácilmente así que ella tampoco. Ese vil hombre no sería el asesino de tan grandiosa persona. El matón debía ser alguien más encumbrado.

La joven y muy ágil mente de Mafe repasó sus estudios universitarios; en un santiamén, evocó sus estudios de Historia puesto que sus estudios de gerencia de *marketing* que le impartió Jeremías no servían para este caso.

Mafe sabía de gestas heroicas en la antigüedad universal y en la historia de Perú. El compromiso de Loyola, contagiado en la Universidad, le hacía saber que Jeremías y ella misma no podían rendirse con facilidad: era indudable que el cierre violento de su puño era una señal de ataque. La encrucijada en la mente de Mafe transmitía esa señal a Roger, Gilmer y los demás muchachos. De Chocha y César no conocía casi nada; sobre Teodorico, estaba segura que en cuanto ella hiciera algo, él reaccionaría al instante; sobre su madre y su abuela, por el amor que le profesaban, no tenía incertidumbre; de Gilmer y Roger solo sabía que eran exalumnos del colegio Cristo Rey, que eran maristas y, por lo tanto, no se podría dudar de su pronta y solidaria respuesta. Su mensaje debía ser rápido, violento y entendido por todos.

—¡A las armas, ciudadanos! ¡Marchad, marchad! —dijo en un canto despiadado.

Mafe atacó de un salto en zapatillas al insolente y pantomímico bandido principal. Roger y los muchachones, la madre, la abuela, César y el Chocha se lanzaron vertiginosos y furiosos sobre los abusivos enviados, los prepotentes invasores.

Entre golpes, patadas, disparos y el tremendo bochinche, Jeremías y Teodorico lograron tomar posesión del revólver y una de las pistolas. Los invasores llegaron a arrodillarse, pidiendo perdón: estaban heridos, con los huesos rotos y las narices sangrantes. El líder de tan insultante intromisión, con rostro hipócrita y ninguna conmiseración o límite a su maldad, sacó de la alforja un petardo de dinamita, no muy grande para destruir todo, pero lo suficientemente potente para explotar el lugar.

Ese terrible destino ya estaba escrito. Para Jeremías solo quedaba morir.

Ven, noche gentil, noche tierna y sombría,
dame a mi Romeo y, cuando yo muera,
córtalo en mil estrellas menudas:
lucirá tan hermoso el firmamento
que el mundo, enamorado de la noche,
dejará de adorar al sol hiriente

(William Shakespeare, Romeo y Julieta).

Al poco rato no quedó más que el mural posterior que pintó el gran Jorge «Coco» Arribasplata, el mismo que simulaba con impecable perfección un abismo hacia el infierno. La explosión dejó muy malherido al principal malhechor y un poco contusos a los maleantes, cuyas principales heridas fueron por los golpes recibidos y no por la detonación. El local estaba semidestruido y la vajilla en trizas, pero nuestros héroes, todos, estaban ilesos y triunfantes ya que habían tenido a bien de alejarse a tiempo.

Ni bien amaneció, los pobladores huachanos llevaron al herido y a los detenidos a la ciudad, directo a la comisaría. Todos emprendieron la tarea de limpiar el local e iniciar de nuevo las conversaciones. En pocas horas, ya estaban sentados de nuevo, ahora en petates ennegrecidos y pieles rotosas y quemadas, pero plácidos y convergentes en las opiniones; a excepción de

Jeremías y Teodorico. Sin duda, las heridas del teatro y la figuración habían causado más daño en ellos que la trifulca y la explosión.

Por la tarde, las pláticas, la coquetería y demás intercambios entre los asistentes eran fluidas y entretenidas. Los amigos cantaron, enamoraron y disfrutaron en el Refugio de la Conversación. Todos sabían que ya al día siguiente debían partir de vuelta a sus respectivos hogares. Fue una noche de melancolía. Las damas y los caballeros se miraban, conversaban seguros, triunfantes, tristemente felices de partir y alegremente apenados por volver. La misión ya estaba cumplida.

La abuela cogió el celular y tarareó una bella canción cruzando miradas, no diremos con quién. Estas miradas e intenciones fueron imitadas por su nieta, su hija y otros asistentes a los que no denunciaremos.

Los asistentes, damas y caballeros melancólicos se conocieron, se conocían, se despedían para quizás no verse nunca más.

Ya muy entrada la noche, aproximadamente a las once, cuando la nostalgia recorría los pechos, cuando las lágrimas aparecían y se limpiaban con los dedos, Gilmer leyó un poema:

—Eran eucaliptos indomables al tiempo;
perfumaban el aire,
en su obscuro silencio.

¡Sabes! bailaban entre ellos, una danza de fuego,
cuando el sol rojo, muy rojo,
al amanecer del alba y al morir del ocaso,
les columpiaba con el viento.

Pero si no respirabas amor
no podías ver ni su danza ni su fuego.
Tenían sabor a menta, sabor a fresno.
Así eran, los eucaliptos que aromaban mi colegio.

Corría por sus entrañas
la savia salvaje de la vida.
Su danza sonaba a veces a un arpegio,
como si fuera tecla de un piano añejo.

Allí estaban,
bailando con el tiempo.
Nos daban su respirar
lleno de aroma y silencio.

Eran nobles, gallardos y altivos
que en sus sueños querían tocar el cielo;
ese cielo de colores pintado,
a veces con nubes algodonadas,
y otras de un negro terciopelo.

¡Ellos aprendieron de nosotros
nuestros juegos, orden y reglamento!
¡Nosotros aprendimos de ellos

a no rompernos con el huracanado viento!
Al anochecer, eran acariciados por la luz
soñolienta del crepúsculo,
viéndose las llamaradas declinantes del sol,
incendiando las copas más altas y señeras
de aquellos eucaliptos
que nos daban su aroma perfumada,
como nenúfares de un manglar en la montaña.

¡Dulce y añorado recuerdo
de zafra y de aquellos eucaliptos
de mi colegio,
de sabor a menta,
de sabor a fresno!

José Luis González Martín.

Ladislao Alberto "Chucho" Zafra Muñoz, integrante de la Xma. Promoción D. E. P.

Con los ojos cegados por el llanto, Gilmer culminó con un:

—¡Ay, ay, cómo me duele! ¡Me duele como la flor!

La dulce noche en que murió el protagonista de este triste y esperanzador relato nos dejó ver los hechos, los objetos y las profundas diferencias o similitudes entre los dos personajes principales de esta obra, dos que fueron uno. Sucedió que, apagadas ya las velas y dispuestos a dormir, Jeremías, sin mediar palabra alguna, se acercó a centímetros de Teodorico. Respirándole en el rostro, le tocó la quijada y le dijo, como en el colegio:

—Nos vemos a la salida.

El reto estaba claro. Teodorico lo aceptó. Se puso de pie y tocó también la barbilla de su oponente. Sacó el revólver y caminó hacia lo que antes era la puerta trasera del refugio. Jeremías, no sin antes empujar con extrema brusquedad la mano y el hombro de su oponente, tomó la pistola que guardaba en el cinto y salió a paso firme. Esto no era solo un reto o una pelea juvenil, era un duelo a muerte: uno era el esperado asesino y el otro sería la víctima airosa.

Estaban frente a frente, a solo cuatro o cinco metros de distancia entre cuerpo y cuerpo, parados al borde del hondísimo precipicio que sitiaba la parte trasera del refugio sobre un enclenque tablón, uno a cada extremo, como en un fatídico sube y baja. Uno estaba condenado a morir o lo estaban los dos: si Jeremías saltaba hacia el tabladillo cercano, Teodorico caería al precipicio; si Teodorico saltaba al bendito tabladillo, Jeremías caía a la eternidad. Si uno disparaba, el otro moría de un balazo; si los disparos fueran simultáneos o separados por milésimas de segundos, de igual forma los dos fallecerían o precipitados al abismo o perforados por el plomo sucio de las armas. Disparar y saltar o solo saltar y dejar caer al adversario eran las opciones de ambos.

La oscuridad de una noche de luna menguante y las velas apagadas no permitieron ver los hechos. Nadie en el refugio pudo ver lo que pasó, cómo pasó o si pasó lo que pasó. Solo se escucharon dos disparos, uno ligeramente detrás del otro, algo que caía al precipicio y luego el sonido de un cuerpo al golpear el fondo. La muerte consumó su acto, su teatro final, sin más figuraciones: Gandhi había muerto y alguien más murió con él.

Los disparos despertaron a todos los durmientes. Al ver a Paquish vivo y calmado, todos sonrieron. Chocha, Gilmer, Roger, Paquito y César nunca conocieron ni vieron a Teodorico; los pobladores, pescadores y niños lugareños jamás vieron a Jeremías. Mafe y su familia nunca estuvieron al tanto de la existencia de un tal Teodorico; los pobladores, pescadores y los niños nunca oyeron el nombre de Jeremías.

Los unos vieron a Jeremías planear la carrera por la sal, cortar la malla y hasta proferir un arrojado discurso en la plaza principal de Huacho; los otros vieron a Teodorico hacer lo mismo. Jeremías fue el haz, Teodorico el envés. La verdad de los hechos es que murió Teodorico, pero Jeremías también murió. Teodorico fue el ente racional y Jeremías el emocional. Una mejor descripción sería considerar a Teodorico como la conciencia racional de un ser imperfecto mientras que Jeremías era el lado rudimentario, emotivo e irreflexivo. Teodorico fue el gusanillo de la conciencia y Jeremías el hombre imperfecto. A la luz de los hechos, se lo podía calificar de ser solo un humano. Uno el ego del otro y el otro el alter ego de él mismo. A fin de cuentas, fueron uno mismo.

Paquish había renacido y emprendió el camino de vuelta. Había sido el mural el que provocó el extraño golpe al caer. Paquish, el antiguo Teodorico, el ido Jeremías, no se arrepentía de nada, no lamentaba nada: ni la caminata, ni la marcha por la sal, ni tampoco el asesinato de su otro yo.

Recuerdos de por vida de ellos,
almas que por siempre vivirán.
Nunca morir querrá Jeremías,
Teodorico en su deseo,
jamás aprendió a morir,
sabiduría total, ignorancia de la muerte.

Intérpretes con corazón y juicio,
hicieron sentir y lograr emoción.
Reales, vívidos y verdaderos
como lamido del viento
que jamás verlo podrás.

La muerte es sólo un pasaje,
un hasta pronto de momento,
era vida o era sueño,
o fue un soplido divino,
solo sé que yo los vi.

Ernesto Tapia Silva.

Jeremías Pecho Abierto, Paquish, liberado después de la muerte de Teodorico, caricatura por Jorge Arribasplata Campos.

Las últimas horas de la última noche, cada quien pensaba en su hogar. Paquish recordaba a su esposa y añoraba su casa. No podía ni deseaba cerrar los ojos y dormir.

Podría estar despierto solo para oírte respirar,

mirar tu sonrisa mientras estás dormida,

mientras estás lejos y soñando.

Podría gastar mi vida en esta dulce rendición,

podría estar perdido en este momento para siempre,

en donde cada momento gastado contigo

es un momento que atesoro.

No quiero cerrar los ojos,

no quiero caer dormido,

porque te echaría de menos, cariño.

Y no quiero perderme una sola cosa

porque, incluso cuando sueño contigo,

el sueño más dulce nunca evitaría

que todavía te echara de menos, cariño.

Y no quiero perderme una sola cosa.

Recostado cerca de ti,

sintiendo los latidos de tu corazón,

y me pregunto qué estarás soñando,

me pregunto si es a mí a quien estás viendo.

Entonces beso tus ojos y

doy gracias a Dios porque estamos juntos.

Y solo quiero estar contigo

en este momento, para siempre, para siempre jamás.

No quiero cerrar los ojos,

no quiero caer dormido,

porque te echaría de menos, cariño.

Y no quiero perderme una sola cosa,

porque, incluso cuando sueño contigo,
el sueño más dulce nunca evitaría
que todavía te echara de menos, cariño.
Y no quiero perderme una sola cosa,
no quiero perderme una sola sonrisa,
no quiero perderme un solo beso.
Bueno, solo quiero estar contigo,
justo aquí contigo, justo así.
Solo quiero tenerte cerca,
siento tu corazón tan cerca del mío,
y estar aquí en este momento,
por el resto del tiempo.
No quiero cerrar los ojos,
no quiero caer dormido.

Aerosmith, «I don't wanna miss a thing».

Epílogo

DE VUELTA EN CASA

Baste decir que están en casa Catalina y María Paz.

*Ser intelectual es necesitar las ideas tanto como el agua
o el oxígeno. Es florecer en contacto con nuevos datos de
la realidad. Es entender la vida como búsqueda y diálogo
permanente. Es gozar con el conocimiento.*

Enrique Sánchez Costa

Las radicales medidas de confinamiento y el cierre prolongado y casi generalizado de las actividades económicas en Perú causaron una contracción del PBI de 29,8 % en el segundo trimestre del año 2020.

Según el portal noticioso de RTVE para el 28 de agosto de 2020:

*Perú ha pasado a ser el país con la mayor mortalidad del
mundo por la **COVID-19,** después de que Bélgica ha corregido su cifra de fallecidos por el coronavirus y restara 121 decesos a su balance del impacto de la enfermedad.*

La rectificación de las autoridades belgas ha hecho que Perú ostente ahora ese récord mundial, una marca que era cuestión de días que alcanzara, **ya que el brote está lejos de ser controlado y las muertes se suceden por centenares** *en el sexto país del mundo con más casos confirmados al acumular más de 607 000 contagios.*

Los 28 000 fallecidos por el virus SARS-CoV-2 que registra Perú **se traducen en una mortalidad de 85,8 muertes por cada 100 000 habitantes,** *resultado de dividir el número de decesos por su población nacional de 32,6 millones de habitantes, según los últimos datos del Instituto Nacional de Estadística e Informática (INEI).*

Por otro lado, en Perú existen todavía **miles de muertes sospechosas de coronavirus que no están incluidas en los reportes del Gobierno.** *En total son más de 65 000 los fallecidos en exceso registrados desde el inicio de la pandemia en comparación a años anteriores pues, desde marzo, los fallecimientos a nivel nacional* **se han incrementado en un 120 % respecto a los dos años anteriores.** *Las muertes sospechosas ascienden en Perú a 10 443, según el último reporte publicado el 18 de agosto por el Centro Nacional de Epidemiología, Prevención y Control de Enfermedades del Ministerio de Salud.*

Gandhi, amorosamente odiado

Gandhi tomado preso en varias ocasiones, es considerado un héroe nacional en la India. Desde 1931, demandó su independencia, siempre favoreció la **derecha** del partido nacionalista y se oponía a las ideas de su discípulo **Nehru,** quien se orientaba a la izquierda. Durante las negociaciones con el gobierno británico en 1942, no se llegó a un acuerdo satisfactorio para las partes por lo que los nacionalistas liderados por Gandhi radicalizaron su protesta.

Gandhi y Kasturba, su esposa, fueron puestos bajo arresto domiciliario en el **palacio del Aga Khan**: Gandhi practicó un justiciero ayuno por 21 días y ella falleció en 1944 durante el arresto.

Su enorme influencia intelectual para conseguir finalmente la independencia de la India fue ejemplar. La separación de los territorios indios con Pakistán le trajeron un profundo dolor. Siempre desaprobó los conflictos religiosos que continuaron después de la independencia.

Fue asesinado por un fanático integracionista **hinduista llamado Nathuram Godse**, el **30 de enero** de **1948** a la edad de 78 años. Sus cenizas fueron arrojadas al **río Ganges**.

Gandhi tenía que morir, Jeremías tenía que morir. Morir al lado de sus principios y al lado de su amor; en estos dos casos, su amor a Dios.

Jeremías, profecías no proféticas

Se atribuye a Jeremías la autoría del **Libro de las Lamentaciones** y del **Libro de los Reyes,** así como del **Libro de Je-**

remías. La labor del profeta era la de llamar al pueblo y a los gobernantes de Judá al arrepentimiento.

Abogó incansablemente ante los reyes de Israel por la liberación de los esclavos. Después de un largo batallar, su pedido fue aceptado. Sin embargo, los reyes volvieron a suprimir la libertad de aquellos que habían sido liberados.

Destacó por ser una persona con una indestructible rectitud, sobrellevó un sinnúmero de acusaciones, sufrió la cárcel y los azotes ordenados por los reyes y gobernantes de Israel. Fue torturado y padeció el abandono en un estanque de agua sucia hasta que, finalmente, fue arrojado a las mazmorras.

Existen diferencias muy sutiles entre las palabras *profecía* y *predicción*. Predecir significa «anunciar por revelación, ciencia o conjetura algo que ha de suceder» (RAE). La profecía, en cambio, es un «don sobrenatural que consiste en conocer por inspiración divina las cosas distantes o futuras» (RAE). El profeta es, pues, un mensajero, un cartero de Dios.

Teodorico y Jeremías, acompañada soledad

Solo dejó estos recuerdos, no murió asesinado. Muy pocos lo siguieron y pocos conocerán su historia. Su gesta pasará pronto al olvido.

Al regresar a casa, su esposa le dijo:

—¿Qué desastre es este?

Paquish se miró al espejo y, en voz alta y reproduciendo a Zorba, le respondió emocionado:

—¿Alguna vez viste un desastre tan espléndido?

Escucha todas las canciones que aparecen en este libro en el siguiente playlist de YouTube.

TÍTULOS DE NARRATIVA

Higthon. El arma perfecta (Moncluth Castañeda, Eva; Villaro, Maria Florencia)

Las ruinas del fuego (Pedro Valbuena)

Cuando tus ojos no ven (Leonardo Vidal)

Oscura vida de Gatribell (Katherine Barra Rifo)

Pisando serpientes (Ricardo Celis)

El lado oscuro de la sombra y otros ladridos (José Baroja)

La tierra que la vio nacer (Jacqueline Hernández Medina)

La maternidad en tiempos de coronavirus (Raquel Caspi)

Cuentos para soñar y no querer despertar (Arlis Milán)

El brillo de la vida (César Medina)

Hay un lugar en el mundo (Jesús Huarhua)

Encuentros con alienígenas en los Andes (Roger Idelfonso Huanca)

El reciclador (Manuel Rijalba Palacios)

Bosque oscuro (José Hernández González)

La música como la conozco (Juan Carlos Molina)

Pablo: una vida, una mujer, una oportunidad (Arlis Milán Mosquera)

¿Qué pasará cuando regrese? (César Medina)

www.ingramcontent.com/pod-product-compliance
Lightning Source LLC
LaVergne TN
LVHW091504170726
843492LV00001B/333